書下ろし

夜哭烏（よなきがらす）

羽州ぼろ鳶組（とびぐみ）②

今村翔吾

祥伝社文庫

目次

序章

火は建物をすでに覆い尽くし、さらなる拠り所を求めて、両隣の家屋に無数の手を伸ばしていた。産毛が全て焦げ果てるのではないかというほど火勢は強い。

亥の刻（午後十時）、白金二丁目の商家から出火したという報が届き、陣太鼓を連打して新庄藩火消はすぐさま駆けつけた。現場に着くと、そこにはすでに先着している者たちがおり、消火に向けての支度を進めている。法被の柄は縦縞三本に繋ぎ菱、ここが管轄の町火消「て組」である。

「皆、退去は済んでいるのですよね？」

新之助は消火の支度に入る町火消の一人に尋ねた。その様子はとても落ち着いたものである。一方の尋ねられた町火消は、額からたっぷりの汗を流し早口で捲し立てる。

「おうよ！　この界隈には人っ子一人いねえ」

「両隣を潰し、消し止めます」

宣言すると、新庄藩火消が一斉に応じた。

「そんなの無理だ！　両隣にはすでに火が移っている。さらにその両隣を攻めるのが定石ってもんだ！」

　感情をあらわにした町火消は、声を荒らげて言い返した。

「まだ間に合います」

　新之助は配下の火消に向き直ると、朗々と語り出した。

「本日、弥生十日！」

「頭取並……本日は九日です」

　鳶の一人が申し訳無さげに訂する。

　新之助は咳払いを一つし、まるで何事もなかったかのように、最初から語り始めた。

「本日、弥生九日、時刻は戌の刻（午後八時）……あれ？　もう子の刻（午前零時）？」

「しっかりしろよ、馬鹿野郎！」

彦弥は痺れを切らし、悪態まじりに急かした。彦弥に限らず鳶というものは短気と相場が決まっている。

「仕方ないじゃないですか！　御頭は国元に帰っているし、先生は京に行っていて、慣れてないんですよ」

新之助は眉を下げて哀れな声で訴えた。

「早くしないと、本当に手遅れになりますよ」

新之助よりも一回り年嵩の寅次郎は、取りなすように二人の間に身を入れた。

「解っていますよ！　彦弥さん！」

「へいへい。承りましたよ」

彦弥は纏を肩に担ぐと、建物目掛けて猛然と向かって行く。纏から垂れ下がった馬簾は、そよ風に揺られる木々のように、爽やかな音を立てながら揺れている。

「梯子無しで行くなんて正気か……どこの組だ」

町火消たちが仲間内で囁き合うのが聞こえた。

「正気ですとも。御頭はまともではありませんが」

新之助がにこりと微笑みかけた時、彦弥は肩に纏を載せたまま高く飛び上がり、片手で桟を摑むと、腹を捩るように躰を二、三度揺らして反動をつけた。惰性が最高潮を迎えた時、彦弥は身を回転させて踵から屋根に降り立った。

「あっ——」

町火消の衆が驚きのあまり息を呑んだ。

「新之助！　このままじゃそうもたねえぞ！」

「彦弥さん、人目があるのだから頭取並でお願いします」

「早く手を打ってくださいませ。十三枚目の頭取並」

「もう……ひどい言い様だ。寅次郎さん、隣の家に倒れ込まぬようこちら側から崩します」

新之助は困り顔のまま次の指示を放った。江戸の火消の優劣を決める火消番付というものが年に一度読売から発刊される。遊びのようなものであるが、これを気にする火消も多い。新之助は頭取並でありながら、主だった頭よりも低い前頭東の十三枚目であった。

「頭取並のお言葉を聞いたか！　儂についてこい！」

寅次郎は背後に居並ぶ屈強な鳶に向けて叫んだ。新之助は一転して満足気に頷く。

「十三枚目、もう纏を上げていいですかい？　ご命令がねえと上げられねえ」

「頭取並です。上げてください！」

屋根の上の彦弥は白い歯を見せて鼻を擦った。

「いくぜ！」

天高く掲げられた纏の意匠は大銀杏。辺りを覆い始める白濁した煙も、それに点描を打つが如く舞い散る黒い灰も、伸縮しつつ迫る焰さえも、脇役にするほどの存在感があった。

「壊し手、突っ込むぞ！」

鳶の群れが、咆哮する寅次郎を先頭に突撃する。手には鳶口や鉞が握られており、中でも寅次郎が担いでいる鉞は、通常の倍はあろうかという大鉞である。一本目の柱は寅次郎の振るった鉞の一撃で早くも断裂した。

「嘘だろ……化物みてえな怪力だ」

町火消たちは開いた口が塞がらず、呆気に取られ見守っている。その間にも横壁は鳶口により突き崩され、柱は鉞が打ち込まれて軋みとともに裂けていく。

「こんな組がいたか……？」

町火消たちは怪訝そうに首を捻りながら話していた。

無理もなかろう。身に纏うは、紺一色で揃った見事な作りの刺子半纏や刺子羽織である。つい二月前に新調したばかりのもので、まだ世間に浸透してはいない。もっとも前の衣装の印象が強すぎるという理由もある。

新之助と屋根の彦弥の視線が交わった。互いに目で笑い合うと、新之助は大きく頷く。彦弥は激しく揺らしていた纏をぴたりと止め、今日一番高く掲げると、周囲に響き渡る大音声で叫んだ。

「名乗り遅れたな。我ら羽州のぼろ鳶組でい！」

「あーーー！」

町火消たちは驚愕の声を上げ、中には指差しながら狼狽する者もいる。それと同時に集まっていた野次馬からもどっと歓声が沸いた。彦弥は纏をくるくると頭上で取り回し、寅次郎はより一層荒々しく作業に没頭する。新之助は周囲からの応援に頭を掻きながら会釈して応じつつ、一段声高らかに指揮を執った。

第一章　鳴らずの鐘

一

昨年（一七七二）、恐るべき大火が江戸を襲った。いわゆる明和の大火である。炎は九百三十四の町々、百九十六の大名屋敷、寺社三百八十二を焼き尽くし、死者一万四千七百人、行方不明者四千人余の犠牲者を出す猛威を振るい、火消たちは武家、町人の枠を超えてそれに当たった。

中でも活躍目覚ましかった二つの組がある。

一つは最強の呼び声高い加賀鳶である。江戸府下最大の人数を誇り、それでいて一糸乱れぬほど統制が取れている。此度の大火では小塚原まで及んだ炎を浅草まで押し戻し、鎮火せしめるという大功を立てた。その見事な腕前に、庶民は恐れを忘れて、ただただ見惚れるほどであった。

そしてもう一つの組、それが新庄藩火消であった。日本橋では橋が焼けて渡河できず、鮨詰(すしづめ)になる人々の為、散乱した戸板を川の中で支えて急造の橋を作って人々を救い、また小塚原では加賀鳶と合流して火の北進を止め、駒込(こまごめ)では獅子奮迅(ししふんじん)の働きを見せて北西方面を完全に鎮火した。さらに公表はされていないが、火付けの下手人を捕まえたのも新庄藩だと巷(ちまた)では噂(うわさ)になっている。

　そのような新庄藩火消であるが、庶民からはある不名誉な名で呼ばれている。

それこそが、

――羽州ぼろ鳶組

である。飢饉(ききん)により新庄藩の財政は傾(かたむ)いており、あまりの金欠で、継(つ)ぎ接(は)ぎだらけの衣装を着ていたことに起因していた。粋(いき)で鯔背(いなせ)を善(よし)とする江戸の庶民は、小馬鹿にしてそう陰口を叩(たた)いたのである。

　しかし、初めは確かに蔑称(べっしょう)であったが、今では些(いささ)か趣(おもむき)が変わった。火事場は一刻を争うため、身分制度の埒外(らちがい)にある。とは言っても現実では、大藩が小藩を押し退(の)け、譜代(ふだい)が外様(とざま)の手柄を横取ることなど儘(まま)あることではあった。

　その点、新庄藩火消は人命を最も尊(たっと)び、救助を阻害する者ならば、それがたとえ親藩譜代の殿様であろうとも容赦(ようしゃ)はしない。適当に相槌(あいづち)を打って無視するなどは朝飯前、それでも詰め寄ってくる場合には、怒鳴(どな)って追い散らすこともしばしばあった。さらに相手が激昂(げっこう)して向かって来ようものならば、これ幸いと迎え撃って大乱闘に発展したこともある。

それでいて命を救うため、どんな困難にも諦(あきら)めずに奔走(ほんそう)するのだから、反骨精神旺盛(おうせい)で、情に脆(もろ)い江戸の庶民はいつしか好意の目で見るようになった。そして大火での活躍を経(へ)て、今では絶大な人気を誇っており、庶民は畏敬(いけい)と愛着(あいちゃく)を込めて、衣装が新しくなった今でも「ぼろ鳶組」と呼称しているのである。

その大火から、一年が経(た)った。半(なか)ばが焼野原となった江戸はどうなっているかというと、目を瞠(みは)るほどの凄(すさ)まじい速度で、復旧復興が進んでいた。

そもそも江戸には年間三百を超える火事がある。それを想定して富商などは、家一軒を建て直す資材を木場(きば)に預けてあったため、全焼から僅(わず)か一月(ひとつき)で商(あきな)いを再開する強者(つわもの)もいた。

それに比べて武家屋敷や、庶民の長屋の建て直しが遅れるのは常だが、これも通常に比べてかなり早く進んでいる。

幕府が本腰を入れて復興に力を注いでいるからに他ならない。通常、幕閣などはのらりくらりと評定を繰(く)り返し、なかなか事が決まらぬものである。しかし老中の一人にして、辣腕を振るう田沼意次は、大火から三日目には早くも動き出した。財源を投じることを惜しむ同輩を憤怒の目で睨み付けると、

「一体どれほどの者が死んだと思っておられる！　九死に一生を得ても、住む家も無く、食う物も碌にない……今銭を使わんでいつ使うおつもりか‼」

そう一喝して復興に突き進んだ。

さらに田沼は、通常各人で行わねばならぬ瓦礫の撤去を、府下の全ての火消に命じた。それもあって、まだ一年が経ったばかりにもかかわらず、焼けた残骸の大部分は取り払われ、江戸の町にはすでに活気が戻りつつあった。

明和九年は霜月（十一月）に安永元年と改元され、僅か二月で安永二年（一七七三）が訪れた。そして弥生となり、今日も新庄藩火消は訓練に励んでいた。

「昨夜の火事では皆よくやってくれました。今日はこの程度にしておきましょう」

新之助はいつもより一刻ほど早く訓練の終了を告げた。

昨夜の白金での火災は、火の不始末によるものであった。両隣四軒を潰さねば火は止められぬと主張するて組に対し、新庄藩火消は二軒で間に合うと反論し、事実僅か四半刻（三十分）で半焼する家屋を取り払って消し止めた。

そこからさらに一刻（二時間）、燻る火を念入りに消して戻った時には、すで

に丑の刻（午前二時）を過ぎており、今日は早めに休息を取らせることにしたのである。

新庄藩火消では、十日に一度は訓練の後に会議を行う。議題はまちまちで、

「あそこに家が建つから、あの界隈は火の回りが早くなる」

「今年の海風は例年より強いから気を付けねばならん」

などと、消防に関することをあらゆる角度から論じることは勿論、

「鳶の喜助が博打にのめり込み過ぎているから彦弥から少し窘めろ」

「妹が悪い男に引っかかり信太は気が気でない。仲の良い寅次郎は相談に乗ってやれ」

など、個々のことにまで目を向けていた。

会議の場所として教練場に併設された講堂もあるのだが、御頭が堅苦しいことを嫌うため、もっぱら御頭の自宅で行う。そこで奥方の手料理に舌鼓を打つのもまた恒例になりつつあった。しかし御頭が国元に帰っている今、それも講堂で行わざるを得ない。

本来なら五名で行うが、内二人が江戸を離れているため、参加者は火消頭取並の新之助、彦弥、寅次郎の三名である。ここに不定期に火消の世話役である折下

左門が加わることもあった。

「今日の打ち合わせはこれくらいでしょうか」

一刻ほど皆で話し合った後、新之助は締めの一言を放って二人を交互に見た。

「何か他にも相談しなければならねえことがありそうだが、無学な俺たちだけじゃあな」

彦弥は頭の後ろで手を組んで躰を揺らした。

「御頭と先生はいつお戻りで？」

寅次郎は帳面を捲りながら聞いた。大きな図体に似合わずまめな性格で、会議の内容を逐一書き記していた。

「先生は秋ごろまでは戻れぬようです。御頭はそろそろ出立したという知らせが来てもよい頃ですが……」

「新庄についたのは先月の初めだろう？　少しは羽を伸ばさせてやろうぜ」

彦弥がそう言うと、寅次郎も視線を上げて微笑んだ。

御頭が不在となって二月、新之助は曲者揃いのぼろ鳶を何とかまとめ上げてきた。それも大変には違いないが、それよりも大きな悩みがある。また昨年のような大火があれば、果たして己だけで防ぐことが出来るか。その恐ろしい危惧の重圧に堪えかねている。

「早く帰って来てもらわないと私が大変なのです。催促の文を送ります」

「あーあ。姐さんが般若のように怒る顔が想像出来らぁ」

彦弥は腕を交叉させて震える真似をしてみせた。

「げ……止めます」

新之助は水を掛けられた犬のように身を震わせた。これは真似事でない。新之助にとって御頭の奥方はある意味、御頭以上におっかないのである。

御頭が奥方を連れて国元に向かったのは、年が明けて間もなく、出初式を終えた三日後のことであった。いずれは国元も見てみたいと言っていた御頭だったが、江戸家老の北条六右衛門が急遽帰る用が出来し、それに随行する許可が出たのである。

明和の大火の後、六右衛門は防災の大事を痛感し、国元の備えも充実させようと考えていた。それを監督するように六右衛門は御頭に命じたのだ。

とはいえ、一朝一夕で国元の火消の訓練が出来る訳でもなく、庶民の意識が高まる訳もない。此度はまず国元の状況を確かめ、道標を示すまでの短期の帰国の予定であった。

もっとも奥方は久方ぶりの夫婦水入らずを楽しみにしており、出立前も夫婦旅でもするかのように心を躍らせていた。それに水を差せばどうなるか、新之助は鮮明に思い描いたのである。

「大火があったばかりというのに、よく燃えることだな」

彦弥は眉毛を指で抜いてふっと息を掛けた。彦弥はその端整な顔付きから町娘に大層な人気があった。女好きの彦弥はそれでも満足出来ぬようで、身嗜みには一等気を遣っている。

「確かにここの所、また多くなってきているな」

寅次郎は過去の帳面を確かめて言った。大火で被害が及ばなかった地域は勿論、せっかく建て直したばかりの家屋からも出火が相次いでいる。

「三日前は豊島町でに組が、五日前は菊坂町で加賀鳶が、九日前は飯田町で万組が、十一日前は湯島天神下町で庭瀬藩板倉家とわ組が、それぞれ火を消し止めていますね」

新之助は帳面も覗かずに言い切った。これは新之助の特技である。常人と比べられぬほど記憶力が良く、頭の中に全ての火事のあらましが入っており、諳んずることが出来る。しかしいくら覚えているからといって、それに意味があるのか無いのか、分析することに関しては、先生の足元にも及ばない。

もう一人の不在者、先生こと加持星十郎は京にいる。発ったのは御頭が去った三日後のことである。この予定はもともと決まっており、京で暦の討議がある山路連貝軒に請われて随行することになっていた。それだけならば二月もあれば戻れようが、今少し時を要する案件を相談されていた。

持ちかけたのはあの長谷川平蔵宣雄である。平蔵は明和の大火を引き起こした下手人を捕らえたことが評価され、昨年の神無月（十月）十五日付けで京都西町奉行に補されていた。前任者が怠けていたか、処理せねばならぬ問題が山積で、さらに着任早々、奇怪な事件が起こっており、悩んだ挙句、星十郎を派遣してくれるよう新庄藩に申し入れがあった。これにより、まだ暫くは帰ってこられそうにないという。

「何か気になるか？」

帳面を見ながら唸っている寅次郎に、彦弥は尋ねた。

「十一日前の湯島天神下町で起きた火事、先着はわ組となっている」

「それがどうした。そんな事もあろうよ。現に昨日、俺たちもそうだったじゃねえか」

彦弥は口を尖らすが、新之助は寅次郎の持つ疑問の意味を理解し、ぽんと手を叩いた。

「出火元は板倉藩中屋敷の目と鼻の先。半里（二キロ）離れているわ組が先着するのはおかしいということですね？」

大きく頷く寅次郎は重々しく言った。

「あれは確か火付けでしたよね」

「まさか……そのようなことは無いでしょう」

寅次郎の心中を察し、新之助は苦笑する。彦弥だけは意味が解らぬようで、二人の顔を覗き込んでいたが、突如閃いたか、あっと声を上げた。

「わ組の連中が自ら火を付けて、一番乗りを果たしたってことか⁉」

「小さな手柄のためにそこまでしますかね？　露見した時の代償が大きすぎる」

「確かにそうですね」

寅次郎は帳面をぱたんと音を立てて閉じた。

火付けに対しての処罰は火炙りの刑と決まっている。昨年の大火の下手人もその運命を辿った。一方手柄を上げたところで、特別に報奨金が出る訳でもない。得られるものはあくまで名誉のみである。その為に火付けをするなど危険極まりない行為である。一抹の不思議は残るものの、新之助はそう結論付けた。

二

一日の休息を挟んで二日後、新庄藩火消は町へ繰り出した。何も火事があった訳ではない。老中田沼直々に、府下の火消は復興の手伝いを命じられている。人手不足を補う意味もあるが、新たに町割りをするにあたり、防火の観点から火消の意見も取り入れる腹積もりがあるらしい。そのため現場を隈なく見させるという意図も含まれている。

新之助らが往来の脇に寄せ集められた瓦礫の撤去を行っていると、

「よう、ぼろ鳶。精が出るねえ」

と、威勢よく声をかけてくる下駄職人の親父や、

「ふふふ……誰かと思えばぼろ鳶かい。ぼろを着ていないと気づかないもんだね」

笑いを隠せぬ年増女など、引っ切り無しに声を掛けられる。それは何も今日に限ったことではなく、他の火消よりも随分頻度が多い。ぼろ鳶という呼び名に全く威張ったところが無く、親しみを持ちやすいのかも知れない。

「ねえ、彦弥さん。折角、御家老様が衣装をご用意して下さったのに、いつまで経ってもぼろ鳶なんですね」

それを耳にした新之助は苦笑して溜息をついた。

「仕方ねえさ。加賀鳶は二枚目、俺たちは三枚目なんだからよ」

彦弥は江戸でも一、二の人気を誇る現役の軽業師である。故にこのように芸の言葉で譬えることが多い。

「ご不満ですか？」

元幕内力士で一時代を築いた怪力の寅次郎は、横たわった土壁を軽々と持ち上げて言った。

「もう悪意はないと分かってはいるのですがね。私だってもう少し恰好の良い呼び名に憧れもしますよ」

新之助は手を休めることなく愚痴を零す。それでもまた子どもに、

「あ、ぼろ鳶だ！」

と気づかれれば、目尻を下げて手を振る。一昨年越前より雇い入れ、共に生死を潜り抜けてきた配下の鳶たちも、その呼び名にすっかり慣れっこで、嬉しそうに会釈して応える。

まだ自分が若年だからであろうか、応援してもらえるのは嬉しいのだが、やはり釈然としない思いも残っていた。

「ん……何か焦げ臭くないですか？」

新之助は瓦礫を持ったまま左右に首を振った。僅かではあるが、風の中に燻されたような香りを感じ取った。とはいえ、太鼓も半鐘も鳴ってはいない。化物のような耳を持つ御頭ならば聴こえるのかもしれないが、そこまで己の聴力に自信は無かった。

「彦弥さん！」

彦弥はこくりと頷くと、あっという間に武家屋敷の屋根に駆け上がった。

「北の方に煙が見える。ありゃあ銀座だな。それも一番南端だ。それほどまだ燃えてはいねえようだ」

「丸屋町あたりですか。八丁火消の管轄では奥平大膳大夫、町火消ではも組です」

新之助は即答してみせた。これも大火以降変わったことの一つである。御頭は町割りから火消の管轄まですべて諳んじている。少しでも近づこうと、いや少しでも怒られぬようにと全て頭に叩き込んだ。暗記は得意であるため問題ないが、大変なのは火除地に家が建ったり、反対に取りつぶされて火除地が出来たり、日々町割りが変わり続けていることである。故に常に非番の日に府下全域を回り、町の変化を知らねばならない。

また町火消の管轄に変動はないものの、大名火消ともなれば、転封や改易に伴う屋敷替えが頻繁に起こる。その都度これも覚え直さねばならないのだ。

「丸屋町からならばお城の間際ですね」

新庄藩火消は幕府から命じられた方角火消である。方角火消は江戸城を炎から守る最後の砦ともいうべき存在で、拝命しているのは全八家、大手組と桜田組に四家ずつ配置され、新庄藩は桜田組に属する。一応の管轄というものはあるが、御城の危難を払うという名分によって、いかなる地へも踏みこめる唯一の火消である。

「どう致しましょう。道具が揃っていません」

寅次郎が伺いを立てた。本日は瓦礫の撤去のために出ているに過ぎない。竜吐水はおろか、玄蕃桶や纏、大団扇、梯子など何も持って来ていない。あるといえば瓦礫を持ち上げる梃子に使っている鳶口くらいのものである。

「半分を率いて先発します。彦弥さんは残り半分を連れ、道具を取って追いついてください。もっともその頃には鎮火しているでしょうが……」

そう予想したのには理由がある。八丁火消は全大名の義務で、己の屋敷から八丁以内で起きた火事には必ず出ねばならない。丸屋町の場合、奥平家の他に溝口家、堀家、仙石家が八丁以内に含まれている。彦弥から聞いた分には、総懸かりで当たれば容易く消し止められるはずであった。

「わかった。纏番、水番、梯子番は俺と一緒に屋敷まで戻るぞ！」

彦弥は叫ぶと、早くも屋根伝いに新庄藩中屋敷を目指す。彦弥が一直線で進むものだから、追いかける配下は大慌てで駆けていった。

新之助と寅次郎は北進して山城河岸方面へと向かった。

「半鐘、鳴っていますか？」

寅次郎は怪訝そうに尋ねた。飛びぬけて大柄な寅次郎が走れば、町中に熊が出没したかのように驚く町衆もいる。

「いえ……太鼓も鳴っていません」

火消には独自の規則がある。まずは士分の火消が太鼓を打ち、それを聞いた後でないと町火消は半鐘を鳴らすことは出来ない。さらに同じ士分でも最も火元に近い大名家が初めに太鼓を打つ決まりとなっていた。

この場合、最も火元に近い奥平家が太鼓を打つ決まりになっている。それを確認した上で、他の大名家が太鼓で続き、町火消が半鐘を鳴らすという順である。初めてこの決まりを御頭から聞いた時、新之助は、

「気付いた者から太鼓なり半鐘を鳴らせばいいじゃないですか。そんなことしている内に火が広がってしまう」

と、思ったことを素直に吐くと、御頭は珍(めずら)しく笑みを投げかけてくれた。

「町人が士分より先に鳴らすのは不敬にあたるというのがお上の考え方さ。俺は被害が抑えられるならばどちらでもいいと思うが、そうはいかねえってのが身分ってもんらしい。様々な点で町火消は武家火消よりも扱いが悪い。櫓(やぐら)だって見てみろ。町火消の櫓は貧相で低いだろう。あれもお上が定めていることだ。それ故、町火消は反骨心を抱き、腕では負けねえって武家火消に突っかかってくる。火消同士の喧嘩(けんか)が起こる訳の最たるものだ」

一気に語り終えた御頭は、苦虫を嚙(か)み潰したような顔になったのをよく覚えている。

丸屋町に入ったところで異変に気付いた。溢(あふ)れんばかりの野次馬を搔き分けても、搔き分けても、一向に火消の姿が見えないのだ。

人波を泳いで辿り着き、新之助は唖然となった。火元は両替を商いとしている豊郷屋、先刻は小火程度であったはずが、火の手が回りごうごうと燃え上がっている。切迫した状況にありながら、辺りを見回しても火消はただの一人も見当たらないのだ。

新之助は野次馬の中にいた商人風の男に詰め寄った。

「どうなっているのです……奥平家は！　も組は⁉」

「誰も来ないのです……このままじゃ私の店も……」

男は今にも泣きださんばかりに悲痛な声を上げた。

「危ねえぞ！　火消が来るまで下がっていろ！」

身を案じた野次馬からそのような声が掛かる。庶民は新庄藩火消を見すぼらしい衣装で認識しているらしく、平装ではそれと気付かない。

「方角火消桜田組、新庄藩火消です」

「ぼろ鳶か！」

町衆から期待の歓声が沸いた。今や新庄藩火消の手並みの良さは庶民に知れ渡りつつある。

「どなたか奥平様の屋敷に走り、危急を告げてください！」

一人の娘が一歩前に出て、身振り手振りを交えて説明した。

「もうとっくに行っているけど、門を閉ざして一向に返答がないのです」

「そうなのですか⁉」

新之助の額を汗がびっしょりと濡らしている。このような時、御頭ならどうするか。それを反芻するが答えはでない。その時、背後より大声で呼びかけてくる者がいた。

「どうなっているんだい⁉」

「中抜き菱の半纏……も組ですか。こちらが聞きたい。あなた方こそ何をしているのです⁉」

「こちとらとっくに支度は終えているのに、奥平様が太鼓を打たねえんでさ」

男はも組副頭の時太と名乗った。掻い摘んで話すところによると、出火して間もなく、も組は手早く支度を済ませて、半鐘の前に待機していた。しかし待てど暮らせど一向に太鼓は鳴らぬ。挙句の果てには溝口、堀、仙石各家よりも問い合わせがある始末であったという。

時太は頭には留まるように言い、自ら奥平屋敷の門を叩いた。しかし屋敷内からは罵声や怒声が聞こえるものの、誰も出てくることはなかった。これ以上は無駄と考え、現場の状況を確認するためにここまで来たという。

「急ぎ人を出してください！」

新之助は唾を飛ばして迫るが、時太は苦渋の表情を浮かべた。

「先打ちは軽くて町火消を馘、重ければ死罪です……」

「先打ち」とは、太鼓を待たずして半鐘を鳴らす行為で、時太の言ったような刑罰が下される。

「何てことだ……」

火は先ほどよりもさらに燃え上がり、すでに隣家に延焼している。それであるのに指を咥えて見ているしかない。

——御頭ならば諦めぬはずだ。

新之助はそう言い聞かせて、弱気になりかけた自分を奮い立たせた。

「皆さんは丸屋町から出てください！」

新之助は野次馬に向かって叫んで回った。丸屋町は山城河岸の南端で三角の形をしており、二辺はお濠で、火の粉での飛び火を除外すれば、北東に広がるしかない。

「我々で消し止めます」

背後に控えていた配下が小声で囁く。

「しかし我々だけでは……」

「我らは畏れ多くも将軍家より方角火消を拝命しています。御城の危急を見逃す訳にはいきません」

すでに鳶口を構え、火元にじりじりと迫る寅次郎の元へ新之助は駆け寄った。

「いけますか⁉」

「さすがに厳しいかと。水で火勢を弱めている隙に、隣家を潰すのが定法。しかし竜吐水も玄蕃桶もありません。ましてや刺子半纏すら着ていないのです」

刺子とは布を麻糸や木綿糸で補強した生地で、防火性に優れており、これで作った羽織や半纏が火消装束の基本である。しかしながら今日は町の復旧作業のために出ており、当然ながら身に着けてはいない。

「わかりました。寅次郎さん……幸い逃げ遅れた人はいないようです。我々も退きます」

「見捨てる訳で……？」

寅次郎の声に怒気が含まれている。ただ遁走すると勘違いしているようだ。

「いえ、三角の残り一辺を全て火除地に」

「丸屋町は全焼してしまいます」

「それしかもう間に合わない」

寅次郎は逃げまどう人々を見渡しながら、大きく息を吐いた。

「もう一つ腹案があるのでしょう？」

「それは……」

確かにもう一案ある。しかしこれを命じれば、寅次郎ら壊し手を大きな危険に晒す。壊し手の連中も、寅次郎の直下にあるためその意は伝わっているようで、銘々力強く頷いてみせた。

「今までも定法を破ってきたではないですか。我々を信じてください。頭取並」

新之助は覚悟を決めると、若獅子のように咆哮した。

「豊郷屋含め三軒は捨て、その両隣を目がけて……突撃！」

「おう!!」

逞しい声が揃い、寅次郎を始め壊し手は黒い塊と化して火に向かっていく。刺子を着ていない今、近づくだけで火傷を負い、火の粉を受ければ躰が炎上する可能性もある。

寅次郎が手に持つは大鉞。瓦礫に混じる、大き過ぎる木材を断つために持ってきている。

「よいさ！」

大鉞を振るう度、柱に宿る九十九神が悲鳴を上げたかと錯覚する。それほど激しい音を立てて次々にへし折っていく。

時折吹く風が熱波となり押し寄せると、壊し手の中には顔を覆って仰向けに倒れる者もいた。また、知らぬ間に袖に火が付き、転がって消火する者もいる。それでも壊し手たちは何度も果敢に立ち向かった。

「新之助！」

振り返ると、彦弥がこちらに向かって走ってきている。二基の竜吐水を四人ずつで抱え、他の者は玄蕃桶を携えていた。

「どうなってやがる」

「説明は後です。早く水を！」

壊し手たちは懸命に戦っているが、熱風で意識が混濁する者、火を受けて着物を脱ぎ捨てる者が続出し、そのような者は寅次郎が後ろに退がらせている。

「分かった。待っていろ、寅！」

寅次郎はちらりと振り返って片笑む。その頰は朱く染まり、腕の各所には爛れたような痕もあった。

すぐに水を準備し、竜吐水を前に出す。この竜吐水、扱いが極めて難しい。上に突き出す大きな天秤を二人懸かりで漕ぐと、照準のついた吐出口から水が噴き出す仕掛けになっている。これは本来、まだ燃えていない家屋を濡らし、類焼を防ぐものであって、燃え盛る炎に使う者は滅多にいない。

玄蕃桶で給水を続けるとはいえ、限られた水で勢いを削ぐためには、炎の動きと弱点を完全に読み切る経験値と、そこを的確に狙う腕が必要である。かつて御頭は、府下でこれが出来る者は三人もいないと言っていた。

「どうすればいい」

迫る彦弥に対し、新之助は指示を下した。

「際まで近づいて、壊し手の上に水を撒いてください」

完全に竜吐水を取り回せる者は新庄藩火消にはいない。しかし壊し手の頭上に雨のように降らすならば、細かい狙いを付ける訳ではなく、そう難しいことではない。

力強く天秤が躍動し、吐出口から水が発射される。彦弥は上下左右に動く円筒を振って、水を撒き散らした。恵みの雨を得たかのように、壊し手は息を吹き返し戦線に復帰する。

「どんどん水を入れてください」

竜吐水は高さ約二尺（六〇センチ）、幅三尺（九〇センチ）ほどの水槽しか持たず、あっという間に水が枯渇する。全員で玄蕃桶を取り、堀から水を汲んで補う。

大鉞を振るう寅次郎の体からは早くも水が蒸発し、もうもうと湯気が立ち上っている。

その寅次郎を筆頭に壊し手は修羅の如く暴れ回り、完全に火除地を作ったのは半刻（一時間）後のことであった。未だ逃げずに遠巻きにみていた野次馬はどっと沸き、新庄藩火消に惜しみない賛辞を送った。

「寅次郎さん！」

新之助は蹌踉めく寅次郎の元へ駆け寄ると、脇に手を入れて支えた。新之助は身丈五尺四寸（一六二センチ）、寅次郎は身丈六尺四寸（一九二センチ）、こうして支えるのがやっとである。

「手間取りました……申し訳ない」

寅次郎の腕には膿んだような火傷の痕があり、顔も火傷こそないものの熱で腫れ上がっていた。

「いえ……本当によくやってくれました」

新之助は労いの言葉を掛けて、寅次郎を他の配下に託した。その胸には憎悪にも等しい怒りが渦巻いている。

——奥平め。許さない……。

新之助は東にある奥平屋敷を睨み付けながら心に誓った。

三

丸屋町の火事は周囲六軒に類焼した。怪我人こそ出たものの、死人が無かったことだけが救いである。

方角火消は江戸城守護のもと、遊撃として府下の各地に駆けつける。そこでその地の火消と連携して、火を食い止めるのである。今回の場合、管轄の火消は姿を見せず、さらに突発的であったため、用意もしておらず、被害は大きかった。

壊し手の連中は躰のあちこちに火傷を負い、疲弊し切っており、中でも寅次郎は皆の先頭に立っていたため、疲労は限界まで達し、火傷の影響か高熱を発して寝込むほどであった。

「折下様、止めないでください！」

新之助は袖を引く左門を振り払い、肩をいからせて往来を行く。

「待て、待つのだ！　御家老を通じ、正式に苦情を申し出る。それまで待て」

「いいや、待てません。配下を危険に晒したのです。奥平から事情を聞き、詫びが入るまで許しません」

「声が大きい……仮にも豊前中津十万石、従五位下大膳大夫様であるぞ」

左門は周囲を見回しながら指を口に当てた。

「関係あるものですか。手を突いて詫びさせます」

「お主、そのように激昂する性質ではなかろう……」

「御頭に似てきたのですよ！」

左門は何度も袖を摑むが、その度に新之助は手首に触れてするりと解いてしまう。

一見弱々しく見える新之助であるが、一刀流剣術に加え、林崎新夢想流居合術も修め、「新庄の麒麟児」と呼ばれる府下十指には入る剣客である。このように人を振り払うのは、箸を持ち上げると等しく容易い。

泣き顔になった左門であるが、それでも新之助の心中が痛いほど解るからか、渋々後を付いてきてくれる。

「頼もう！　戸沢孝次郎家中、火消方頭取並、鳥越新之助。同じく御城使の折下左門、奥平様に申し上げたき儀があり、罷り越しました」

左門は目尻を指で摘んで溜息をついた。いつの間にか巻き込まれているが、それでも帰ろうとしないのが左門の人の好さである。前回のような野次馬がごった返している状況と異なり、白昼堂々名乗って訪ねられれば無視する訳にもいくまい。

脇門がそろりと開き、門番らしき武士が顔を覗かせた。

「当家は今どなたもお取次ぎしておりません」

「それでも取り次いで頂きたい」

新之助と門番は押し問答を繰り返すが、埒があかない。最後には門番も辟易して、御免と言い残し、門を閉めようとするが、新之助はすかさず足を挟み込み、閉めさせなかった。慌てて左門が止めさせようとするが、新之助は頑として足をどけない。

「歴とした新庄藩の御方が押し込みの真似事をされるか！　当方より公儀に訴え

出てもよいのだぞ！」

門番は顔を赤らめて怒鳴るが、これこそ新之助の思うつぼである。何事かとすでに野次馬が集まり始めているのだ。

「ならばこちらも公儀へ訴え出る。昨日の火事、気付かなかったとは申されますまいな」

「それは……気付かなかったのだ」

「出ましたよ。折下様、この手の開き直り」

新之助は振り返っておどけてみせた。

「お主、まことに似てきおったわ……」

左門は肩を落として項垂れたが、腹を決めたか門番の元へと詰め寄った。

「ご無礼はお許しあれ。当方も多くの怪我人を出しました。まずはお話だけでも取り次いで頂きたい」

丁寧な口調で畳みかけたものだから、門番も幾らか落ち着いたが、それでもなりませぬと、連呼するのみである。左門はさらに舌を動かす。

「残念でござる。かくなる上は、ご懇意にさせて頂いております老中田沼様にご相談申し上げるしかないか……鳥越殿、この足で行こう」

新之助はにんまりと笑って足を引き抜くと、去ろうとする左門の背を追いかけた。

「ま、待て！　御家老に取り次ぐ故、暫し待たれよ！」

門番は可笑しいほど取り乱して、奥へ引っ込んでいった。

「折下様も悪くなられましたね」

「お主らのせいだぞ……全く心が痛む」

根っからの善人である左門は心苦しそうに眉を垂らした。


二人は中へと誘われ、奥のこぢんまりとした部屋に通された。四半刻も経たずして、襖が開き初老の男が現れると、向かい合って着座した。

「奥平大膳大夫家中、江戸家老の賀来浪江でございます」

こちらもまず名乗った後、左門は朗らかに話し始めた。

「賀来様の姓は珍しい。拙者不勉強なもので初めて耳にしました」

「中津では我が一族もおり、ちらほら見かける姓でござる」

「為になります。御名は東百官ですかな？」

「そうと聞いております」

「拙者の左門もそうでござる。何やら勝手に親しみを持っております」

誰が来ても暫くは任せよと左門にきつく申し付けられているため、新之助は口を真一文字に結んで黙りこくっていた。

左門の職である御城使は、藩の外交官ともいうべきものである。故にこのような場には慣れており、まずは世間話から始めたのであろう。

「賀来様のお人柄を見て、胸襟を開くつもりになりました。不躾にお尋ねいたします。何故奥平様はお出にならなかったのでしょうか」

相手の呼吸の合間をついて、左門は一気に捲し立てた。不意の一撃をくらった賀来は、明らかに動揺して伏し目になった。

「それは……」

「武士の一命に懸けて、一切他言は致しません。何卒お教えください……」

左門は改まって頭を畳に擦り付けた。慌てて新之助もそれを真似る。

「それが我らにも解らず困っておるのです」

「そんな馬鹿な――」

「これ、黙っておれ！」

思わず声を上げてしまった新之助の非礼を、左門は繰り返し詫びて話の続きを引き出す。

「当家の火消頭は、和間久右衛門と申します」

「存じ上げております。西の前頭十枚目、長屋の細柱を一刀の元に斬って回ったことから、一刀久右衛門と呼ばれておられますね」

毎年発刊される火消の格付けである火消番付も、新之助は頭の中に全て入っていた。もっともこれはお役目のためというより、十三枚目の自身よりも上を羨んでいるうちに勝手に覚えたものに過ぎない。

「その和間ですが、昨日は様子がおかしかったのです」

「と、言いますと？」

左門は相槌を打って相手が話しやすいように仕向ける。

「火事の報があっても、頑として太鼓を打たず、腕を組んで瞑目するのみ……」

配下が懇願しようが、躰を揺すろうが、和間は何も言葉を発しなかったという。困惑した配下が裁可を得ずに太鼓に近づこうとすると、和間はかっと目を見開いて太鼓の元へ駆け寄り、刀を抜きはなってその異名の如く、一刀の下に両断してしまった。

「それは……」

「もう錯乱したとしか思えぬ有様でした。騒ぎを聞きつけた拙者も説得しましたが、和間は血走った眼で睨むのみ……」

一同で取り押さえようと試みたが、和間は無外流を遣い、藩の剣術指南役とも互角に渡り合う達人であり、そう簡単なことではなかった。

「ようやく刀を下ろしたのは、そこもとらが消火に当たったという報が届いた時でした」

「和間殿にお話を伺えませぬか？」

左門が尋ねると、賀来は眉間に皺を寄せてゆっくりと首を横に振った。

「和間が腹を切ったのはその直後のことでござる」

「なっ――」

左門は言葉を詰まらせて吃驚した。

「何かこれまで不審な点はございませんでしたか？」

新之助が尋ねると、賀来は神妙な面持ちで口を開く。

「それがとんと思い当たらぬのです。和間は今年に入ってようやく待望の男子が生まれたばかり、それに配下にも慕われ、順風満帆そのものでした」

中津藩としては耳目を集めたこの事件を、もはや隠し通せずと見て、大目付に事の次第を報告した。正直に話せば改易の事態だけは免れると考えたのである。

しかしながら、即刻返ってきた幕閣の申し付けは意外なものであった。

「一切のお咎め無し……ただし、他言無用と」

左門はやはり驚きを隠せずにいる。通常ならば減封、ならずとも藩主の蟄居は免れない案件である。しかも即刻返答があったというのが腑に落ちない。

「当家としても何が何やら解りませぬ。不審は残りますが、胸を撫で下ろした次第」

賀来の目の下にはくっきりと隈が浮かび上がっている。眠れぬ夜を過ごしたであろうことが窺えた。

「そうですか。ご無礼つかまつりました」

左門は再度頭を下げ、二人で屋敷を辞した。

「和間は何故そのようなことをしたのでしょうね」

帰り道、新之助は左門に投げかけた。事情こそ納得したものの、怒りの矛先を失って困惑している。

「解らん。賀来様の仰るように、ただ錯乱したのかも知れぬ。それにしても幕閣の対応がちと気になるな」

「こんな時に先生がいてくれたらなあ……ぴしゃりと答えてくれるのに」

新之助はそう呟くと、遥か数百里離れても会話出来ればどれほど良いか、そのような愚にも付かぬことを考えながら、陽が沈み始め、烏が悠々と泳ぐ西の空を眺めた。

四

三日後の弥生十六日の黄昏時、またしても出火があった。場所は麴町三丁目、深津孫三郎宅隣の空き家、火付け以外に考えられなかった。やはり音での報せは無い。逃げ惑う人々を見た鳶が報告してきたのである。

新之助の下知を受け、新庄藩火消は教練場に即座に集合した。

「奉書は出ていませんか?」

新之助が伝令を務める者に訊くと、配下は首を横に振った。

奉書とは幕府からの命令書であり、これがないと元来は管轄外での活動は許されない。しかしながら唯一の例外ともいうべきものが、この新庄藩が拝命する方角火消であるが、それでも奉書が出れば、地先での無用な揉め事を回避できるため、気には掛かる。そして他の方角火消は、これが出ない限り、わざわざ骨を折る真似はしないのが普通で、どこにでも向かう新庄藩のほうが例外といえた。

「出るだけ出ましょう。必要なければそれが一番良い」

一同が教練場を後にしようとした時、のそりと入ってきた寅次郎とかち合った。

「遅くなりました。麴町ですね」

「寅次郎さんはまだ寝ていてくださいと言ったでしょう！」

寅次郎の怪我(けが)はまだ完全に癒(い)えていない。今回は大事を取って待機するように命じたばかりである。

「この程度の怪我で休んでいては、御頭が帰ってきた時にどやされます」

寅次郎は胸を叩いて強がったが、まだどこか痛むか僅かに口辺を歪(ゆが)めた。

「うちは無鉄砲な人ばかりだからなぁ……」

「朱土竜(あけもぐら)と分かっていて蔵を開ける方に言われたくないですよ」

寅次郎は快活に笑った。朱土竜とは、密閉された土蔵などで長時間火が燻り続けると、次に扉を開けた時に、外気を取り込んで焔風(ほむらかぜ)を巻き起こす恐ろしい現象である。

先の大火の折、新之助は犬が取り残されているという理由で、中にそれが潜(ひそ)むと知りながら開けた。それで大怪我を負ったことを寅次郎は言っている。

「行きましょう」

新之助は凜と言い放つと、颯爽と馬に跨った。江戸の町を騎馬で走るのはご法度であるが、火消に限っては許されている。新庄藩でも二頭の馬を飼っており、昨年末に新たに御頭用の馬が二頭入って、計四頭である。馬上の新之助に続き、新庄藩一同麴町へと向かった。

「おいおい……どうなってやがる」

彦弥は目を細めながら言った。火元に向かう途中、定火消の火消屋敷がある。そこに人が殺到し、口々に何やら喚き散らしているのだ。

「また……ということですか」

新之助は血の気が引いてゆくのを感じて頰を撫でた。

町火消よりも大名火消のほうが優位に立っており、彼らによって太鼓が打たれた後でなければ半鐘は鳴らせないのだが、その大名火消よりもさらに上に位置するのが、四千石以上の旗本が任命される定火消の存在である。

今より約百二十年前に起こった明暦の大火を受けて設立され、組織だった火消としては最も歴史が古い。そこらがこの慣習の元になるのであろう。

ここ麹町半蔵門(はんぞうもん)外は定火消設立当初から火消屋敷が置かれ、現在は諏訪主殿頭(すわとのものかみ)がその任に当たっているはずである。

新之助は馬から飛び降りると、門の前に迫る人々に駆け寄った。

「太鼓が打たれないのですか⁉」

「先刻から門を叩いているが、水を打ったように静まりかえってやがる」

応じた町火消は白抜きの菱の中に黒丸の半纏、ここの管轄のく組である。

「八丁火消は？」

この辺りには前田(まえだ)家、水野(みずの)家、永井(ながい)家、南部(なんぶ)家などの諸藩の屋敷がある。

「水野様、永井様は公儀の指示を仰ぎに登城され、南部様は知らぬ顔で動かねえ」

四家の内、一家だけ漏れていることに気付いた。

「前田様は⁉」

「本郷(ほんごう)の上屋敷まで火消を呼びに！」

「よし！」

流石火消大国ともいうべき加賀藩である。火事場での腹の据わり方が尋常(じんじょう)ではない。とはいえ本郷からここまでは距離があり、駆けつける頃には、手の付けられないようになっている可能性がある。

「私たちだけで消しましょう」

「あんた正気かい⁉ 腹を切らされるぞ。俺たちもただじゃあ済まねえ……」

「新庄藩火消に命じられたと言えばいい」

「げ……ぼろ鳶か！」

町火消は白昼に物の怪をみたかのような表情になった。下知を出そうとする新之助に対し、町火消が追い縋った。

「だめだ……あんたら見たところ五十人もいないだろう？」

今回は管轄外ということもあり、三組あるうちの二組しか引き連れていない。加えて四日前の火事で受けた怪我から、未だ復帰出来ていない者もおり、目減りしている。町火消は早口になりさらに言った。

「俺たちく組は、町火消の中でも規模が小さくて、たった八十七名だ。初動が遅れて火が広がった今、とてもじゃねえけど人が足りねえ！」

北東の火元のほうへ目をやると、黒煙が天を覆わんばかりに立ち上っている。とても百人やそこらで消せる火事ではない。どうするのが最も良いのか答えが出ない。しかしいつまでも迷っていれば、火は広がり、死人も出てしまう。新之助は翻って手から血が流れるほど火消屋敷の門を叩いて中に呼びかけた。

「落ち着け、十三枚目」

そう言いながら新之助と門の間に、躰を捻じ込んだのは彦弥である。

続いてぽんと肩を叩いたのは、まだ腕に包帯を巻いた寅次郎であった。

「まだ勝機はあります。焦ればそれも成りません」

「……こんな時こそ笑えと御頭は言っていましたしね」

先ほどまでは門の木目まで憎らしく見えたが、ようやく平静を取り戻しつつあった。

「私のほうこそ鬼の御頭にどやされてしまいます。……ましてや般若のような奥方には、頬を引っ叩かれることでしょう」

新之助は場を和まそうと軽口を飛ばして、精一杯の笑顔を見せた。

しかし彦弥も寅次郎も一切笑ってはくれない。それどころか寅次郎はかつて見たこともないほど蒼ざめ、彦弥に至っては視線を空にやってそらぞらしく口笛を吹きだした。

「こんな時に何口笛を吹いているんですか！　彦弥さんも般若に叩かれますよ⁉」

「いや……俺は姐さんほどの美人はいないと思っている」

彦弥がそう言うと、顔面蒼白の寅次郎もこくこくと頷いた。その視線が背後に注がれていることにようやく気付き、新之助は恐る恐る振り返った。

「ぎゃあ！　般若!!」

そこに立っているのは御頭の奥方、深雪であった。それこそまだ般若の形相で、誰が般若ですかなどと叱られたほうがよっぽどましであるが、その顔は無表情で、能面を彷彿とさせた。

「へえ……暫く見ぬ間にお口が上手になりましたのね」

「いや……、あの……冗談です」

「大火の折は見直し、お食事をただにすると言いましたが、私の目が曇っていたようでございます」

「何を遊んでやがる!!」

声の先へ目をやる。そこには残された鳶たちに指示を終え、こちらに向かってきている御頭、火喰鳥・松永源吾の姿があった。

「御頭ぁ……」

「しっかりしろ！」

再会するや否や頭に拳骨を受けたのに、新之助は自然と笑みが零れ、心が躍るのを感じた。

「心細かった……」

「弱音を吐くな。町衆のほうが恐ろしくて、心細い」

「はい。解っております」

久しぶりの説教も、今の新之助には心地よかった。新之助は目尻に浮かんだ涙を、誰にも見られぬようにさっと拭(ぬぐ)った。見つかればきっとまたどやされるに違いない。

五

源吾が国元新庄から戻ったのはつい先刻のことであった。府下に一歩足を踏み入れるなり異変に気付いた。麴町の方角より黒煙が立ち上っているのである。しかしこの時点ではまだ落ち着き払っていた。麴町は定火消に加え、大名火消数家、さらに町火消と多くの火消の管轄内である。まさか新庄藩が出ているはずもないが、火消の性(さが)か、自然とそちらのほうへ足が向いた。

「一向に収まりませんね？」

素人（しろうと）の深雪でも気付くほど、煙は一向に消えない。それどころか先ほどよりも勢いを増しているのだ。

「また消口（けしぐち）争いでもしているんだろうよ」

消口とは、消防拠点のことで、これをどこに定めるかによって消火の難易度も変われば、手柄の大きさも変わる。到着した順に陣取ってよい決まりであるが、これを力ずくでどかそうとする譜代の火消などもおり、頻繁に争いが起きている。

——火事と喧嘩は江戸の華。

などと言うが、火事が起これば漏れなく喧嘩も付いてくると言っても過言ではない。

これは庶民にとって、甚（はなは）だ迷惑なことで、どちらでもいいから早く消してくれというのが本心であろう。

礫川牛込（こいしかわうしごめ）を越えて、飯田橋（いいだばし）を渡ったところで、いよいよこれはおかしいと思うに至った。火元の上空の揺らぎまで目視出来るほどであるのに、煙がより太くなり西へと流れていく。

「行かれますか？　私を置いていってくださっても結構です」

「うむ……」

源吾は迷っていた。大火の折は深雪を信じて離れ、己は炎に立ち向かった。その挙句、深雪は駒込で危機に瀕し、あわや一命を落としかけた。それは任務だからこそ仕方ないのかもしれないが、己が出る義務のない今、最も守るべきは妻ではないか。そのようなことを自問自答しながら、幾分足が落ち着かない。

「あれほど火消の集まる地。心配いらぬとは思うが……」

そう言いながら横を見たが深雪の姿が無い。慌てて身を翻すと、往来の端で駕籠舁きを引き留めて何やら交渉を始めていた。駕籠舁き二人は難しい顔をしているが、深雪は明るい声で話し続けていた。やがて、

「へぇ。あれが旦那なんですね。いい男じゃあねえですか」

「俺も蕎麦といえば小諸屋なんでさ。気が合いますね」

などと、駕籠舁きの朗らかな声が聞こえてくる。

「一体何をしておるのだ……」

源吾が独りごちた時には、深雪はちょこんと駕籠に乗り込み、威勢のよい駕籠舁きの掛け声と共にこちらに近づいてくる。

「旦那様！　行きますよ！」

「どこに⁉」

源吾は駆け足で並走しながら問い質した。

「麹町です」

「お主も行くのか⁉」

「私を置いていくことを心配してくださったんでしょう？　これで心配はいりません」

深雪は垂れ紐をしっかりと両手で握り、きらりと笑った。駕籠はさらに速くなり、源吾も袴の股立ちをとって走る。

「火事場だぞ？　お主らも良いのか？」

答えたのは駕籠の先肩を担う男である。

「初めは断ったけどよ……炎に立ち向かう旦那に連れ添うなんて健気じゃねえか」

続いて後ろの男も掛け声を止めて話す。

「今度、小諸屋の蕎麦をご馳走して頂くことにもなりましたしね」

源吾は開いた口が塞がらぬまま駆け続ける。家計にうるさい深雪であるが、必要とあらば惜しみなく資金を投じる。国政と家政を同じにするのは憚られるが、深雪にとって憧れの存在、御老中田沼様の姿勢と酷似している。

また深雪はこのように、誰とでも一時の間に心を通わせる。そのようなところに惹かれはするものの、困惑することも多々あった。

「さあ、急ぎますよ！」

「あいよ！」

いつの間にか親しくなった三人は、心一つに駕籠を進めた。その様子が何とも可笑しく微笑んだものの、源吾は置いていかれぬよう必死に足を回した。

新之助は潤んだ目を拭っていた。源吾はざっと成り行きを聞いたが、確かに長年火消であった者でも動揺してしまう状況に違いない。火消として現場に立ってまだ二年足らずの新之助ならば、よくやっているほうである。

「屋敷には呼びかけたか？」

「再三。もはや我々だけで消すほか……」

「く組は八十七名。うちと合わせても百五十足らず。これでは間に合わねえ」

初動ならば十分過ぎる人数ではある。しかしここまで状況が悪化してしまえば、三百以上の火消がいて一進一退と読んでいた。

「当家は四十六名です」

「俺を足して四十七か。丁度いい」

源吾は不敵に笑った。寅次郎と彦弥はつられて笑ったが、新之助は意味を解しかねたようで首を捻った。

「深雪、退がっていろ」

「はい。般若は退がります」

口を突き出して知らぬ顔をする新之助を、深雪はちらりと睨み付けて退がっていった。

「掛矢」

源吾が背後に向けて手を差し出す。掛矢とは樫などで出来た大型の木槌で、大工が杭などを打ち込む時などに使うが、火消においての用途は物を壊すことに終始する。

源吾は配下から掛矢を受け取ると、大きく振りかぶって門を叩いた。門は大きくへこんでささくれ立つものの、この程度で壊れはしない。

「何をするんですか！」

随分荒事にも慣れ、左門には源吾に似てきたと言われる新之助だが、これには驚きを隠せないようである。

「四十七名といえば討ち入りってことでしょう」

寅次郎もすでに掛矢を受け取り、低い声を発して打ち込んだ。怪力寅次郎の一撃で、門は悲鳴を上げて板が浮き上がった。

「鋲が硬えな。いっそ火を付けてやるか」

彦弥は腕を組んで並びの良い歯から息を漏らした。

「それも悪くねえ。己の屋敷が燃えればさすがに太鼓を打つかもな」

源吾はからからと笑い、何度も掛矢を打ち込んでいく。

「さすがぼろ鳶だ……」

く組の町火消は引き笑いをしているが、その目には羨望の色も見える。

「諏訪主殿頭殿は些か酒を過ごされたご様子。僭越ながら新庄藩火消、起床の介添えを致す。ぶっ壊せ！」

「おう‼」

新庄藩火消一同、水を得た魚のようになり、掛矢や鳶口を手に門や塀を破壊し始めた。

「もう……知りませんよ。これじゃあ戦だ」

新之助は呆れているものの、自身も鳶口を持って脇門を小突き始める。

「ぼろ鳶がまた何か始めたぞ！」

「討ち入りだって仰っていましたよ」

などと、老若男女の野次馬が集まり始め、やんや、やんやと騒ぎ立てた。振り返ると深雪はその中にあって、まるで井戸端会議のように青菜売りの媼と話し込んでいる。

「打たねえって言うなら、俺たちが乗り込んで打ってやらあ！」

源吾が咆哮すると、衆はどっと盛り上がる。寅次郎の掛矢が門に大きな穴を穿った。中を覗くと、血の気が引いた白い顔で、震えている火消侍がいる。

「開けろ！　開けねえと門を取り払うまで止めねえぞ！」

「違う、違うのだ」

慌てている侍の向こうに陣太鼓が見えた。中の者はわっと門に集まり押さえ込んでいるため、その周りに人気は無い。

「彦弥見えるか？　行ってこい」

「あいよ。暫しお待ちくだせえよ」

彦弥は山猫のように躰を折り畳むと、塀の瓦に取りつき、あっという間に中へ降り立った。

「越えてきたぞ！　止めろ！」

「悪いな。追われるのは女だけって決めているんだ」

彦弥の軽口が外側まで聞こえてくる。その次の瞬間、太鼓が乱打され、地を這うような音が辺りに響き渡った。

「やりましたね！」

新之助は嬉々として拳を握った。

あちらこちらで太鼓が鳴り、それが途切れる前に追うようにして半鐘も搔き鳴らされる。

「来た……皆痺れを切らしてやがったな。俺たちも行くぞ！」

「ただ今帰りましたよ」

頭上から声が降ってくる。二、三歩下がって見上げたならば、猩々のように門の上に立った彦弥がいた。

「ここはどうします？」

寅次郎が定火消を慮って尋ねてきた。

「自らも失態を犯しているんだ。大事にはしねえさ」

「しかしあれは……」

自らが門に作った大穴から見えるのは、肩を落とし、絶望の色を浮かべる火消たちの姿であった。何故太鼓を打たなかったのかも不思議であるが、鳴らされたことをそこまで落ち込む理由が解らない。仕舞いには、

「もう駄目だ……」

などと、か細い声で零し、頭を抱え込む者までいるのだ。さすがにおかしいとは思ったが、今はそれに構っている訳にもいかない。源吾は号令を掛けて出立した。

「頑張ってくださいね！」

真剣な眼差しで見送る深雪に、手を挙げて了解の意を伝えると、源吾は定火消屋敷を後にした。いつの間にかまた周囲を巻き込んだのであろう。深雪の篠笛のような声に混じって、媼の乾いた歓声が背に注がれていた。

現場に近づくと、八軒の屋根から火が上がっており、最早どれが火元か解らぬほど燃え広がっていた。

「弥生十六日、東の空に満月。間もなく日が暮れる。風は東から西へ。東一軒、

南北二軒、西に三軒空けて火除地を作る。まずは最も険しい西へ取り掛かる」

源吾はそう告げると、西に消口を陣取った。星十郎ならば、この後の風の変化まで読むだろうが今はこれで充分こと足りる。彦弥は相変わらず梯子も使わずに屋根へ上ると、大銀杏(おおいちょう)の纏を揺らした。

「他の火消は？」

新之助はそう言いながら周囲を見渡した。

「おっつけくるだろう。そっちに南北と東は任せればいい」

そう言い残して、ひとしきり指示を終えた頃、北方から一団が土煙を立てて向かってくる。先頭は騎馬であることから武家火消らしい。

「噂をしていりゃ来やがったぜ」

近づくにつれて、馬の数が多いことが見て取れた。四頭や五頭ではない。十数頭の馬が轡(くつわ)を並べている。それに続く徒(かち)の者もかなりの数で、砂嵐のように埃(ほこり)が立つのも納得がゆく。

「加賀鳶だー！」

職人風の男が口に手を添え、天に向けて叫んだ。遠巻きに見ていた野次馬から上がる歓声は、新庄藩火消が到着した時よりも遥かに大きい。

加賀宰相こと前田家は百万石を有する外様一の大藩で、国元で早くから消防組織育成に力を注いでいる。その火消は江戸でも常に筆頭の活躍ぶりで、庶民から畏敬の念を込めて「加賀鳶」と呼ばれている。

「早速のご到着だな！」

「先を越されたか」

皮肉を言われたと思ったか、先頭を疾駆してきた馬上の男は、そう吐き捨てて舌打ちした。この男こそ家禄四千三百石を食み、加賀鳶を率いる大頭、大音勘九郎である。

黒染めの錏頭巾、酢酸鉄を用いて染めた高価な漆黒の革羽織を身に纏っており、その出で立ちから勘九郎は「八咫烏」の異名を取っている。

さらに前回会った時には見られなかった、赤地に一寸ほどの金角継ぎという胸当てを身に着けており、派手さが際立っていた。

「たまたまさ。管轄外にまで出てくるとはご苦労なことだ」

「お主も管轄外であろうが」

「西はうちがやる。南北東、どれを受け持ってくれる」

「全てだ」

勘九郎は言い放つと、配下に目がけて指示を飛ばし始めた。

「目代、小頭役」

「はっ！」

八人の加賀鳶が勘九郎の元へと参集する。目代とは四人しかいない加賀鳶の組頭で、それぞれに正副纏持ち四名、平鳶五十六名、玄蕃桶や竜吐水を用いる中間小者が四、五十名、合わせて百名以上の配下を束ね、士分の者が選抜される。一方の小頭役も四人。こちらは町人階級であり、それぞれの陣容は正副纏持ちが二名、平鳶十七名、中間小者が二十名余、合算すると約四十名。こちらは隘路など人が多く入れぬ地や、初動を任せる切り込みの組であり、それ故小頭役には滅法気の強い者が多い。

これら目代の大組、小頭役の小組を、通じて一番から八番の名で呼ぶようになっており、彼らを平鳶たちは頭と呼ぶ。そして、その頭をまとめる勘九郎こそが、「大頭」というわけである。

さらに加賀鳶の火事場装束といえば、揃いの黒い刺子半纏に、青縞股引、白紐の脚絆、青縞の足袋と決まっている。

しかし彼らだけは背に大きく雲を染め出し、それに稲妻を交差させた白抜きの紋が描かれた長半纏を用いた。鳶口も平鳶のものとは異なり、手鍵という小型のものを持ち、指揮を執る時にも使っている特注品である。

「兵馬、陣内、小源太、お主らは北を」

「畏まった」

声を揃えていく目代たちは源吾を歯牙にも掛けず向かっていった。

「甚右衛門、矢柄、義平、南へ」

「承った」

こちらもやはり一瞥もせず走り去る。

「牙八、仙助、東をやれ」

「間も無く！」

残った小頭役二人は先ほどまでの者と違い、あからさまにこちらを睨み付けて駆けてゆく。

「番付上位の錚々たる面々だな。他の組なら頭を務めてもおかしくねえ」

「うちは纏持ちまで十両以上だ」

情の欠片もなさそうな勘九郎であるが、誰よりも加賀鳶への思い入れが深い。付け加えた小さな自慢もその表れだろう。

「相変わらず統制が取れている」

「お主のところが纏まりが悪すぎるだけだ」

「しかし、土壇場は侮れねえぜ？」

源吾が不敵な笑みを投げかけると、勘九郎は大袈裟に鼻を鳴らした。

「知っておるわ」

勘九郎は相も変わらず愛想無く言い放った。だが昨年までとは異なっているのは、口元が僅かに綻んでいることであろう。

「さて、気合いいれていこうか」

「言われるまでもない」

源吾は拳の骨を鳴らし、首を左右に傾げ、勘九郎は杖代わりにしていた指揮棒を上げ、掌を二、三度打つ。

火消番付東西の両大関は、陽炎揺らめく大気を割り、炎に向けてゆっくりと歩を進めた。

ぼろ鳶と加賀鳶による消火は凄まじいもので、作業に取り掛かって僅か一刻の鎮火劇となった。

彦弥に言わせればぼろ鳶は三枚目、形で負けても手並みと心意気では絶対負けぬと勇み立ち、いつも以上に活発機敏に動いた。

ぼろ鳶が加賀鳶を意識するのも無理はないが、加賀鳶もまたぼろ鳶を意識しているのを頓に感じた。耳を澄ませばあちらこちらから、

「ぼろ鳶に後れを取るな」

という鼓舞の声や、

「ぼろ鳶でももっとまともにやるぞ！」

という叱咤が聞こえてくる。中でも町人の小頭役二人で受け持つ東側は露骨で、

「西よりも遅れれば全員ぶっ殺すぞ！」

などという恐ろしい言葉が飛び交っていた。

――牙八の野郎だな。

源吾は苦笑しながら指でこめかみを掻いた。源吾は自他共に認める尋常ならざる聴力を持っている。向こうはこれほど離れていれば、聞こえぬつもりでいるのだろうが、全てを耳朶が捉えていた。

牙八は加賀鳶の八番組の小頭役で、「狗神」の異名を取る火消である。今年の火消番付では東の前頭七枚目、丁度西の前頭七枚目にある彦弥の一つ上に陣取っ

ている。

　なぜ狗神と呼ばれるかといえば、牙八と謂う名にも引っ張られていようが、その得物に理由がある。使うのは人の胸ほどの高さのある大鋸で、鳶口や鉞でも太刀打ちできぬほどの太い柱も、あっという間に切断してしまう。あまりに激しく引くものだから、刃毀れが激しく、時には音を立てて折れることもあり、年に二度も三度も新調するのである。

　狗神は人や牛馬だけでなく、無生物にも憑くといわれており、中でも有名なのが鋸に憑けば使い物にならぬという。これがすぐに鋸を摩耗させる牙八に符合するということで、そう呼ばれるようになった。

　江戸有数の大工の子に生まれた牙八は、当時は喜八という名であった。腕が良いのだから暮らし向きは楽そうにも思えるが、決してそうではなかったという。

　父は極度の酒好きで、宵越しの金は持たぬと言って憚らず、全てを酒代につぎ込んでいた。それでもまだ平穏ならば良いのだが、父は酒乱の気があり、酒を呷っては母や喜八に手を上げた。喜八を庇う母は、顔を腫らして見るも無残な姿であったという。

　ある日、父に残っていた最後の箍が外れ、十歳の喜八に馬乗りになって殴打した。次の瞬間、父の胸から夥しい鮮血が溢れ、その場に倒れ込んだ。母が背中から包丁で刺し貫いたのである。母は己の仕出かしたことをただただ恐れ、喜八を逃がした後、家に火を掛けた。

そこに駆けつけたのが、当時十九歳の勘九郎率いる加賀鳶であった。勘九郎は燃え盛る家を茫然と見つめ、頬を濡らす喜八を保護し、加賀鳶の末端に加えた。

これが十五年前の宝暦八年（一七五八）のことである。当時の源吾は松平隼人家に仕えており、父の死を受けて定火消の頭になったばかりの頃である。

喜八が名を捨てて、強く生まれ変わりたいと懇願したことで、勘九郎は、

「牙八ならば強そうで良かろう」

と、名付けてやった。些か変わった名にはこのような由来があった。

それから牙八は四年の訓練を経て、加賀鳶歴代最年少の十四歳で現場に立ち、めきめきと頭角を現した。その割にいまいち番付が上がらぬのは、冷静沈着な者の多い加賀鳶にあって珍しく激昂しやすい性質で、あちこちで諍いを起こしているからであろう。

そんな牙八も、勘九郎だけには従順で、狗神どころか飼い犬のように懐いている。故に主人と同格を張る源吾に対し、必要以上に対抗心を燃やしているのだ。

「昔は可愛らしかったのだがなあ……」

焼け跡に燻る火を念入りに消している時、思わず口を衝いて零れた。それに近くにいた新之助が敏感に反応した。

「誰のことです？　はにゃ方様ですか？」

「誰だ、それは」

「えーと……申し訳ありません。頭の中で言い訳をずっと考えていたら、ごっちゃになってしまいました」

「後で伝えておく」

手を揉みながら口止めを願う新之助を横目に、源吾は大きな溜息をついた。

六

久しぶりに源吾の自宅に集まったのは、翌日の昼過ぎのことであった。左門は待ちかねていたと見え、歓喜に身を震わせていた。

「暫く空けてすまねえな」

「よくぞ戻ってくれた。気苦労が多く、胃の腑に穴が空くかと思ったわ」

左門は源吾の手を握らんばかりに喜んでいる。

「折下様、よくぞおいでくださいました」

「おお。深雪殿も健やかそうで何より」

「たった二月です。大仰なこと」

深雪は口に手を添えてころころと笑った。

「いや、私は深雪殿に惚れ込んでおりまして。なに、おかしな意味ではござらん。いつも明るい深雪殿の声を聞くと、腹の底から力が湧いてくるのです」

「まあ、お上手。お世辞でも嬉しゅうございます。般若でも人の心はございますので」

ぎくりと新之助は肩を強張らせ、左門は意味が解らず首を傾げた。

「皆様ごゆっくり。御一人を除いて……」

深雪は新之助のほうを一瞥すると、奥へと引っ込んでいった。

「完全に根にもっておられますね……」

「俺は言ってねえからな」

「儂も考えたこともありません」

彦弥と寅次郎は立て続けに言い切ると、源吾は取りなすように口を開いた。

「まあ、あれだ。その内機嫌も直すだろうよ。それより左門、諏訪のあれは何だったんだ？」

左門は役目柄諸藩との繋がりが多い。源吾は昨日の内に、その伝手でもって左門に事情を探ってもらうように頼んでいた。

「うむ……大きく状況が変じた。順を追って話す」

たった一日で成果があったとみえ、左門は前置きして語りだした。

諏訪主殿頭は定火消を拝命して三年、目立った功績こそないものの、失態という失態は何も無かった。旗本自らが火消を務めることは珍しく、諏訪家も多分に漏れず家臣の一人を火消頭として立てていた。これは松平隼人家における源吾も同じであった。

諏訪家の火消頭の名を中田和次郎と謂う。

「十両に名がありましたね」

新之助は即座に付け加えた。十両は数も多く、数十人とおり、自然瓦版に載る文字も目を細めるほど小さい。そこまで読み込んで暗記しているのは褒めるべきだろう。

「よく覚えているな」

「自分の後ろを狙っている者を小まめに見ておかないと、足を掬われかねませんからね」

新之助は鼻息荒く言い、源吾は褒めたことが馬鹿らしくなった。左門は気を揉むことなく、二人の会話を待ってくれる。ここらが新庄藩きっての好漢たる所以だろう。

「続きを頼む」

「その和次郎殿、十日ほど前から様子がおかしかったというのだ」

和次郎は四十がらみの温厚な男で、寡黙であるが面倒見はよく、配下にも慕われていたようだ。そのような男が死人のような顔をし、ぶつぶつと独り言を呟きながら歩いているのを多くの者が見掛けたらしい。中には往来にもかかわらず奇声を発して頭を掻きむしっているのを見た者もいた。

「心労が祟ったんじゃねえのか？　軽業師でも日々恐怖が蓄積されて、ある日急に高いところに上れなくなる奴がいるぜ」

彦弥は片眉を上げて持論を披露した。

「あり得る話だが、何か腑に落ちねえな。付け火の手法や下手人について何か解ったか？」

原因究明や下手人の探索、捕縛は火消の仕事ではない。火付盗賊改方という、その名の通り、火付けや押し込み強盗の対策に特化した組織がある。彼らは下手人の殺害、拷問まで許容されている武官である。

昨年の神無月までは肝胆相照らす仲となった長谷川平蔵宣雄が頭として君臨していた。しかし今は京都西町奉行に栄転し、後任の島田政弥という者が務めている。

「まだ火付けということしか……な」

「島田の盆暗じゃあ碌なことは解らねえか」

源吾が毒を吐いたものだから、左門は咳を見舞って窘める。島田の腕は平蔵に比すれば格段に落ちる。昨年から未だ解決されていない事件が、すでに山積みになっている有様であった。

「だが、朱土竜のように手の込んだものでは無いのは確からしい。ましてや秀助……いや真秀のような天魔の手並みではない」

秀助とは明和の大火を引き起こした下手人である。元は鍵屋の番頭で、稀代の花火師でもあった。ある哀しく愚かな事件により妻子を亡くし、秀助は復讐に走った。それと対決して、出頭に近い幕切りに導いた者こそ源吾であった。秀助は尋問の間、何か意図があってか、それとも何らかの矜持か、終始真秀という偽の僧名で押し通した。故に公式にはその名だけが残り、本名を知っているのは源吾も含め、一握りの者だけである。その秀助も刑が執行され、すでにこの世に亡い。

――止めてやるよ。

源吾は懐を覗き、中帯に括りつけた朱い鈴をぽんと叩いた。可愛らしい音色は衣服に吸われ、微か源吾だけに聞こえるほどであろう。秀助が娘の為に拵えたもので、処刑される直前、平蔵を通じて源吾に託されたものである。火難で死んだ娘のために、秀助は復讐に走った。そのような負の連鎖は一つでも止めたいと願っている。

「初めに大きく状況が変じたと言ったが、火付けだと分かったというだけか？」

左門は眉間に皺を寄せ、さらに険しい顔になり、頭を小さく振った。

「中田和次郎殿が自害された」

新之助は呑みかけた茶を噴き出し、彦弥は胡坐の上についていた肘を滑らす。寅次郎の喉が鳴るのがはきと聞こえた。

この事件には奇妙な点が多く、見えぬ力が働いているような気がしていたが、まさか当事者が腹を切るなどとは思いもよらなかった。

直接、火事で死なせた訳ではない。それでも、一人も犠牲を出さぬという己の信条からすれば、許せることではなかった。

それとも己が無茶をせねば、この事態は防げたのか。思い悩むのは彦弥も同じようで、顔を歪めて俯いている。

僅かに膝が震えた。また深淵を覗き込むような闇が潜んでいるのであろう。

「今日は非番ですよ。どこに行くんですかー？」

新之助が屈託のない笑みを浮かべながら後ろを付いてくる。

――厄介なやつに見つかった……。

つくづく己には運がないと思う。翌、弥生十八日、非番の日に麴町を目指して歩いていたところ、辻を折れたところで新之助と鉢合わせになったのである。

新之助は一人ではない。その脚に寄り添うように一匹の子犬がいた。今年に入って新之助が飼い始めた牡犬で、名を火消らしく鳶丸と謂う。

大火の折、朱土竜の仕掛けられていた土蔵に、十数匹の犬が押し込められていた。いかなる命も同じように救うと、新之助は危険を承知で土蔵の扉を開け大怪我を負った。残念ながら一命を取り留めた犬は三匹であり、新之助は方々を駆けまわって二匹まで飼い主を見つけた。残る一匹は子を孕んでおり、昨年水無月（六月）に四匹の子を産んだが、その後体調が悪くなり死んでしまった。新之助は子犬の飼い主探しにも奔走したが、残る一匹になって情が湧き、そのまま飼い始めることになった。それがこの鳶丸である。

美しい茶毛であるが、額に豆ほどの白い斑点があり、まるで家紋のようにも見える。新之助は鳶丸を溺愛しており、また鳶丸も新之助に母のように懐いていた。こうして非番の時には、紐も繋がずに町のあちこちを散歩しているとは聞いていた。

「そんな速足でどこへ？」

源吾が足を速めると、新之助は鳶丸を抱き上げ、小走りで追いかけてくる。

「麴町」

「あっ！　もしかして橘屋の助惣ですか⁉」

助惣とは別名助惣焼、助惣ふの焼とも謂う菓子である。

水に溶いた小麦粉を薄く伸ばして焼き、その皮で餡を包む。寛永期に麴町三丁目橘屋で大木元佐治兵衛が売りだしたのが始まりで、当初はもの凄い人気を博していたという。

昨今ではその流行も幾分廃れてはいるものの、未だ本家である橘屋の助惣には根強い支持者もおり、どうやら新之助もその一人であるらしい。

「寅か彦弥を誘って行ったらどうだ？」

何とか追い払おうとするが、新之助は残念そうに首を振る。

「寅次郎さんは達ヶ関と呑みに行き、彦弥さんはお七ちゃんに紅をせがまれたとかで、出掛けて行っちゃいました」

これ以上は上手い言い訳も思いつかず、源吾は長嘆息をついて本当の目的を話した。

「諏訪主殿頭を訪ねるのだ。長谷川様がおらぬ今の火盗には任せておれぬ」

「ああ。やはりそうですよね」

肩を落とすかと思いきや、新之助は案外素直に受け入れた。もしかしたら新之助も此度の事件が気に掛かり、散歩がてら麴町を歩こうと思っていたのかもしれない。

「御頭はどうお考えですか？」

新之助は鳶丸の頭を撫でながら横を歩く。源吾は少し改まった口調になり、語り出した。

「お主はどう思う？」

「私が消した丸屋町の火事と、一昨日の麴町の火事、ここには何か繫がりがあると」

「うむ。二件とも火消頭が太鼓を打たず、間もなく腹を切っておるのだからな」

「奥平家の和間殿はお子が生まれて順風満帆であったと。錯乱するとはとても思えません」

「中田和次郎もそうよ。おかしくなったのは十日程前から」

二人の語調が低く暗いものになっているのを察したか、鳶丸が尾を垂らして哀しそうな声で鳴いた。新之助は心配をかけぬように優しく首を撫でる。

「しかし……違うこともありますね」

「そうだ。当事者以外の者だ」

直接は聞いていないが、奥平家の一件では和間は太鼓を打たぬどころか、打とうとする配下や同輩に向けて刀を抜いた。

一方、諏訪家では彦弥が太鼓を打った時、配下も含めて肩を落としていた。つまりは仲間ぐるみでそのようにしていたということになる。

「御頭あれ……」

二町（二二〇メートル）ほど先で人だかりが出来、皆がお堀の中を覗き込んでいる。若い娘などは手で目を覆い、甲高い叫び声を上げていた。それに対し、奉行所の同心と思しき者が、下がれ下がれと連呼しているではないか。

「土左衛門か……」

所謂、水死体のことである。享保の頃の力士、成瀬川土左衛門が色白で丸々と肥えていたため、水を吸って膨れ上がった遺体を誰かがふざけてそのように呼んだ。けしからん話であるが、それが今ではすっかり定着しているから恐ろしいものである。

遺体をじろじろ見るというのも、あまり趣味が良いとは言えまい。そちらには目を移さずにやり過ごすが、こんな時でも源吾の耳朶は憎らしいほど声を捉える。

「可哀想に。親子かよ——」

そう言って絶句する棒手振りや、

「こんな幼子が何で……」

と、念仏を唱える年増の声がどうしても耳に飛び込んでくるのだ。源吾は心の中で弔いつつ歩を進めた。こちらに向かって数人走ってくる。初めは奉行所の応援かと思ったが、どうやら違うらしい。

「火盗……」

すれ違う時にそうと気付いた。火盗の連中は人の群れを追い払い、遂には同心まで退けているではないか。源吾は踵を返して戻ると、火盗の一人に詰め寄った。

「何故火盗が出ているんだ」

「誰だ、お主は？」

その者の顔には一切見覚えがなかった。島田が入る際に新たに配属された者かもしれない。

「新庄藩火消。ぼろ鳶のほうが伝わるかい？」

「お主らが……」

男が複数を言うので振り返ると、いつの間にか背後にぴたりと新之助が詰めている。鳶丸は呑気なもので、喉が渇いたのかお堀の水を見て、舌を出していた。

「教えてくれ。力になる」

「ならぬ。長谷川様はお主らに融通を利かせたと聞くが、島田様は厳格な御方。一切そのようなことはせぬ」

——腕もねえくせにしゃあしゃあと……。

源吾は幼少期から血気盛んな町人の鳶と寝食を共にしてきた。そのため言葉遣いはまさしく町人で、お世辞にも気の長いほうではない。たった今も、こめかみに青筋が浮かんでいるのを己でも感じている。

「御頭……もう行きましょう」

　新之助がくいと袖を引く。喧嘩を止めさせようというのではない。その真剣な眼差しから何かを掴んだことが窺(うかが)えた。源吾は小さく頷いてその場を後にする。

「あの様子では何も教えてくれそうにないです」

「ああ。それで何が判った」

「遺体を見ましたか？」

「いや……」

目の前の火盗にばかり集中し、そちらのほうは見ていない。

「溺(おぼ)れた訳ではありません。斬られて殺され、濠に投げ入れられたのです」

　それだけならば見さえすれば誰でも気が付くだろう。新之助が気付いたのは他にあった。

「相当な腕の者が付けた傷です。しかもあんな幼子を迷いなく斬っています。並の神経じゃあない」

　麒麟児の異名をとるほどの剣客が言うのだから間違いない。新之助の真の恐ろしさは別にある。その異常ともいうべき記憶力である。

「母親の手拭いの柄、諏訪家中で頭を抱えていた者が腰に挟んでいたものと同じです」

「まさか……しかし同じものなどいくらでもある」

「手拭いは一反の布を買い、家で切って使うことが多いと思います。二人の切れた部分は全てぴったり符合していました」

「嘘だろ……」

どちらも一度しか見ていないのに、柄の断ち切れ方まで覚えるなどという芸当が出来るものなのか。俄かには信じがたい話である。

「あれは必ず同じ反物から作っています」

新之助は自信満々に言い切った。今までもあり得ぬことまで記憶してきたのだ。まだまだ頼りない新之助であるが、源吾も剣術とこの点だけには信頼を置いている。

「つまりは家族……」

二人は会話を重ねながら麴町火消屋敷へと辿り着いた。門には源吾らが打ち壊そうとした痕跡が残っている。一昨日のことならば当然とも思えるが、そうともいえない。体裁を重んじる武士ならば、事件を隠蔽するために夜を徹して修復してもおかしくない。それに構っている余裕もないということか。

繰り返し中に呼びかけ、門を叩いてみるが一向に返事は無い。未だ残る穴から中を覗くが、やはり人影はなかった。それでも微かに衣擦れの音が聞こえることから、息を殺して籠っているように思える。さすがに二人で乗り込む訳にもいかず、今日は諦めることにし、二人は帰路に就いた。

「何やらきな臭くなってきた……」

源吾は東に悠然と佇む御城を眺めながら呟いた。いつも飄々としている新之助ですら顔が強張っている。ただ再び地面に下ろされた鳶丸だけは、曇りない眼で二人を見上げていた。

七

この奇怪な事件を解き明かすため動くつもりでいる。その日の夕刻、緊急に皆に集合を命じた。左門も己の仕事を後回しにして駆け付けてくれている。

「まずは長谷川様に状況をお伝えする」

源吾は会議の最後にそう宣言した。元火付盗賊改、長谷川平蔵ならば島田のように呑気に構えてはいないはずである。さらにこの件には何か大きな力が働いているような気がする。しかし源吾のような一介の陪臣が、直に幕閣に相談する訳にもいかず、平蔵を頼る他ないと考えた。

「御老中様には頼れませぬか？」

深雪が軽々しく言うものだから、源吾を含め皆が度肝を抜かれている。

「雲の上の御方だぞ。目を掛けてくださっているとはいえ、易々と会える訳がない」

「必要とあれば、市井の洟垂れ小僧にでも会う。そのような御方と思いますが」

深雪の田沼信奉ぶりは相変わらずである。そう言い残して一旦奥へと下がっていった。会議の後に皆で食事をするのは恒例である。終わったと見て台所より深雪が鍋を手に現れた。まるで海そのものが運ばれて来たかのように、潮の香りが部屋いっぱいに広がってゆく。

「おお！　あさり鍋ですな！」

食欲旺盛な寅次郎の顔が明るくなった。

「旬だからねえ。大根にしっかり味噌が染みて美味そうだ」

彦弥も涎を拭う素振りを見せた。

「酒を頼む」

源吾が言うと、深雪はにこりと微笑んだ。

「はい。しかしその前に……」

「来た……」

新之助は俯いて顔を隠した。

「皆様よく御存知のように、当家にはお金がございません。公の用で当家を占拠され、賄いまでお出しする以上、御足を頂戴せねばなりません」

何度も宣言された前口上であり、もう皆慣れっこになっている。

深雪は公私の区別をしっかりとつける。それは夫である源吾でさえ対象で、家を会議に使う今回のような時であればしっかりと銭を取る。

ただ単に銭を惜しんでいるかといえば、必ずしもそうではない。もしそうならば、そもそも料理など振る舞わねばよい。

――慣れは人の関わりを崩します。長く付き合いたいと思う方にこそ、けじめを以て接しねばなりません。

一度そう深雪に言われたことがある。今では源吾は左門と並んで身代がよいとはいえ、十日に一度や二度このような集まりがあるのだ。食事代、酒代だけでも馬鹿にならず、しかも三百石といえど、借り上げという名目で百二十石ほどしか支給されていない。

しかし深雪の真意はそこにはなかった。気前よく奢っていれば、初めの内こそ有難がられ、奢る側もよい気分になる。しかしどれほどの人格者でも慣れがくれば、その想いも薄れてゆく。その段になって金銭を要求すれば、それがいくら当然のことでも、感謝の気持ちは一転不満へと変わる。そうなれば振る舞う側にも遺恨が生まれる。人とはそのように愚かに出来ていると深雪は言う。ここらの人の機微を見るのは、深雪は己より遥かに長けていると思わざるを得ない。

「まず、左門様は恩人ですので結構と申し上げますのに、いつも何かと奥様から差し入れて頂きありがとうございます。今日はささやかではございますが、御礼とさせてくださいませ」

「こちらこそ深雪殿にはいつもお世話になっていると聞いておる」

深雪は左門にはいつも最大級の笑みを零す。

「寅次郎さん、お怪我の具合はいかがですか？　早く良くなって旦那様をお助けくださいませ。お見舞いとさせて頂きます」

「ありがとうございます。奥方様の手料理はなによりの薬」

寅次郎の言葉に、深雪も嬉しそうに頷いた。

「さて……彦弥さん」

声の調子ががらりと変わる。何かやらかしたかと彦弥は頭を掻きむしった。

「へい。何でしょう」

「信太さんの妹さんを熱心に口説いてなさるようで」

「確かにそうですが、それが訳っていうのは酷いじゃねえですか。男女の恋路ってのは、他人様が立ち入れねえもんですぜ」

深雪の目がきらりと光り、彦弥は眉を引き攣らせた。

「彦弥さんの恋路は大層枝分かれされているようで……魚屋魚将の娘さん、茶屋山本の妹さん、呉服商い茜屋のお内儀までも口説かれていますね」

「よく御存知で……」

「少々灸を据えねばと考えておりました。百二十文です」

「高えな……小粒しかねえよ」

彦弥はそう言いながらも素直に財布から小粒銀を取り出す。

「少々お待ちください」

深雪はそう言うと、棚から天秤を取り出して丁寧に重さを量る。

「三匁です。百九十九文相当ですので……七十九文のお返しです」

深雪は釣り用に、寛永通宝がぎっしりと詰まっている壺を用意している周到ぶりである。

「旦那様、六十文です」

「はいよ」

源吾ももう慣れきって銭緡に銭を通して用意してある。

「さて……皆様召し上がって頂きましょうか」

深雪が言ったことで、皆が箸と碗を手に取った。

「深雪様！　いえ……奥方様。私は……」

新之助が大慌てで己を指差した。

「え……般若が作るものは食べられぬかと」

「ご勘弁ください！」

「仕方ありませんね。では二両頂きます」

「高過ぎますよー……」

突っ伏して許しを請う新之助を見て、源吾は取りなそうとする。

「もう許してやれ。二両といえば江戸から京への往復の旅費ほどだ」

「さすが旦那様。鳥越様にご負担頂けば？」

深雪の隠れた意図が読めてきた。

「ふむ……京都西奉行様だぞ。易々と離れられまい」

「いいえ、心得違いをされておいでです」

「なるほど。あいつの知恵が必要か」

「山路様、長谷川様も頼りにしておられる。難しいかもしれぬが……お願いしてみよう」

左門も意図を汲み取ったようで、声に力が籠っている。

「星十郎を呼び戻す」

顔を擡(もた)げた新之助にもようやく笑みが戻り、大きく頷いた。

第二章　魁（さきがけ）の火消

一

　飛び起きた源吾は首を捻（ひね）った。

　――まさか聞き逃したのか。

　どんなに深い眠りについていようが、太鼓や半鐘の音が鳴れば必ず目を覚ます自信がある。今も半鐘が乱れ打たれる音により夢から解き放たれたのだ。いくら源吾といえどもあまりに遠い場合ならば太鼓の音を聞き逃し、後に半鐘にのみ気付くこともあるかもしれない。しかし今回の距離ならば間違いなく聞き逃すことはないと断言出来る。そうだとするならばこれは現（うつつ）ではなく夢なのか。

「どうかなさいましたか」

　深雪が寝ぼけ眼（まなこ）を擦りながら身を起こした。夢の割に深雪の姿は鮮明であった。

「夢じゃねえ……半鐘は鳴っている」

「寝過ごしたのですか？」

常ならば最初の太鼓で飛び起きて、半鐘が鳴る時には支度を開始している。深雪はそれを知っているため、寝過ごしたと勘違いしたのだろう。

――耳が弱ったということなのか。

自身に原因を求めかけたその時、源吾は耳穴に地を這うような音が吸い込まれていくのを感じた。陣太鼓の音である。

「先打ち……先に半鐘を鳴らしたやつがいるのか！」

答えを得た源吾は、布団を蹴り飛ばすと急いで支度を始め、深雪もそれを手伝った。帯を締めてくれている深雪の目尻に涙が浮かんでいるのは、欠伸を堪えたからであろう。

教練場にはすでに皆が集合を終えており、即座に出動を命じた。

「えらいことになるぞ」

馬上で源吾が呟くと、新之助は怪訝そうな顔をした。一旦半鐘が鳴らされれば、隣の町、そのまた隣の町と鐘は鳴らされて伝播する。化物のような耳を持つと称される己と違い、火元で太鼓が先か、鐘が先かなど皆に聞き分けられるはずもない。

「えらいこととは？」

「鐘の先打ちをしたやつがいる」

「それじゃあその組は処分を受けるのでしょうか……」

ここのところの事件で、皆は禁じることが愚かしいと解りつつも、先打ちがいかに恐ろしいことかを熟知している。心根が優しい寅次郎は我が事のように心配した。

「何かの行き違いならばよいのだが……」

城の西側を疾駆すると、備えにあたる町火消たちの話す声が聞こえてくる。

——やはり飯田町……鳴らしたは万組、鳴らさぬは松平か！

城の北部を守り、飯田町に本拠を構える定火消、松平隼人家は源吾の古巣であり、飯田町はかつての庭である。

松平家を馘になったのは、深雪を取られたことを妬み、火消頭の職を羨む鵜殿平左衛門の陰湿な罠であった。どんな命でも助けようとする源吾だが、鵜殿だけは救う気にはなれなかった。深雪は、それでも救うのが松永源吾である、そう暗に伝え、大火の折に源吾は鵜殿の切腹を免れさせる為に手を貸して奔走した。そのような経緯があるから、別に赦（ゆる）した訳ではないが、もう怨（うら）んでいるということもない。

それよりも気になるのは先打ちを行った万組のほうである。現場に向かうまでの間、源吾は胸の内で何度も同じ名を繰り返し呼んでいた。

――武蔵（たけぞう）……。

脳裏（のうり）に甦（よみがえ）る武蔵の顔はどれも煤塗（すすまみ）れの真っ黒な顔である。いつも最前線に出ていたからか、火の粉を受けて出来た小さな火傷をいくつも作っていた。気が強くて情に脆（もろ）い。町火消を絵に描いたような男であった。

飯田町は大火の時も武家火消、町火消共に奮戦し、大いに町並みを残している。だからこそ一旦燃え上がれば、次々に類焼するに違いない。闇夜にもかかわらず、飯田町にかかる雲だけは、はきと輪郭（りんかく）を浮かび上がらせている。

大火で半焼した飯田町定火消屋敷はすでに再建されており、檜（ひのき）の香りが外まで漂っている。源吾らが守りきった門の前の景色は、丸屋町、麴町に続いてもはや見慣れた光景になりつつあった。民衆が定火消屋敷に押し寄せているのだ。ただ二つ異なる点がある。一つは、人々は門を叩くでなく、未だ鳴り続ける半鐘に茫然と耳を傾けていること。もう一つは衆の中に町火消の姿が一切見当たらないことである。そちらも気にはなるものの、またも定火消屋敷で異変が起きていることは明白である。

——万組は消火に当たっているのか……。

寅次郎が先頭を切って衆を分けようとするのを、源吾は手で押し止めた。

「こっちへ来い」

配下を引き連れて東側に塀伝いにゆく。一度折れたところで源吾は立ち止まり、白亜の漆喰壁を手でなぞった。

「何をしているんですか？」

新之助は不思議そうにしている。

「ここの火消屋敷には、万が一に備えて隠し口がある。建て直してもそれは変わらねえはずだが……」

きっちり嵌めこまれているが、目を凝らすと薄ら線が浮き上がっている箇所を見つけた。

「向こうから小さな閂が掛かっている。寅、ここを打ち破れ」

寅次郎は鳶が掛矢を渡そうとするのを断り、距離を取って助走をつけると壁に体当たりをした。大きな豆腐のように白壁が倒れ、出入り口が現れた。

「新之助、ついてこい。寅、彦弥、先に万組の応援に向かえ。すぐに行く！」

本来ならば頭取並の新之助に指揮を執らせるべきであるが、中で闘争が起こっている場合を想定すると、新之助の腕は必要になると考えた。

構造に殆ど変わりはなく、勝手知ったる屋敷である。源吾は塀をすり抜けて中に飛び込むと、陣太鼓の元へと走った。

「あれは……奥平家と同じ状況ということですか？」

新之助が後ろから問うてきた。

教練場を兼ねた庭に陣太鼓はある。その前に抜刀した男が立ちはだかっていた。他の火消はそれを為す術なく取り囲み、中にはおろおろとする鶉殿の姿もあった。

「鶉殿！」

「松永……どうしてここに」

「そんなことはいい。太鼓は⁉」

「あそこだ……神保殿が……」

「神保さんか」

神保頼母、源吾の父の代から仕える火消侍で、齢五十を超えた今は引退して火消の雑務を担当していると聞き及んでいる。火消になって間もなくの頃、当時三十半ばの頼母が基礎を叩き込んでくれた。

「神保さん、元気だったかい？」

刀を正眼に構えた頼母の目は血走っている。源吾は出来る限り刺激を与えぬように、往来で再会したかのように話しかけた。

「松永様か……」

年下ではあるものの、源吾はかつての上役であり、神保は今でもそのように呼んでくれた。

「どうしたんだ。あんたらしくもない。どいてくれねえか？」

神保に一瞬、動揺の色が走ったように見えたが、すぐに目を見開いて返した。

「松永様の頼みといえども聞けませぬ」

「何故そのようなことを……」

「申し上げられません！」

今度は間髪入れずに即答してきた。

「わかった。いつまでそうしている気だ」

「尽きるまで……」

　その芝居掛かった答えに、源吾は少し眉を顰めた。そのように己に陶酔するような性格の男ではないのだ。しかしこの状況ならば人は如何様にも変じるのかもしれない。

　鵜殿が配下に何か耳打ちしているのを、神保は目敏く見つけると、大音声で叫んだ。

「鵜殿様、捕らえるなどと考えなさるな。殺す気で来なされ！」

「神保……落ち着くのだ」

　鵜殿は縋るように言った。神保は鵜殿まで三代の頭を補佐した火消侍である。いかに鵜殿といえども斬りたいはずがない。何より無外流の達人の鵜殿は、斬ろうと思えば斬ることも出来たはずである。しかしいかに達人といえども、白刃を持った男を取り押さえるのは、講談のように上手くはいくまい。

（新之助……どうにか出来ねえか）

　顎を引いて後ろの新之助に囁きかけるが、いつの間にか姿が無くなっている。

「あいつどこに――」

　言いかけた時、源吾の視野の端に黒い影が映った。それが新之助だと気付いた時には、神保の脇にまで迫っている。二尺の距離まで詰められてようやく気付いた神保が、刀を振るが虚しく宙を切った。新之助は手首を捻りあげると、旋風の如き足払いをかけて神保を押さえ込む。まさに一瞬の出来事であった。

「でかしたぞ！　鵜殿、早く太鼓を！」

「お、おう！」

鵜殿は太鼓の元へ走ると、枹を取って乱れ打つ。安堵した源吾であったが、異様な光景が目に飛び込んできた。押さえ込まれた神保は腑抜けのように涙と洟を垂らし、虚ろな目で宙を見ながら、ぽつりと呟いた。

「皆々様……申し訳ございませぬ……」

「新之助!!」

新之助ははっとして手を離すと、神保の口に指を捻じ込もうとする。

「くそっ……」

新之助が声を漏らした時には、すでに神保は舌を嚙み切っていた。

――どうなってやがる……。

口から止めどなく血が流れ、半眼になって痙攣する神保を見つめながら、源吾は袴を強く握りしめた。

衝撃冷めやらぬまま、源吾と新之助は火元へと駆けつけた。

「御頭！　こりゃあどういうことですか⁉」

纏持ち彦弥は屋根の上が居場所であるが、飛べぬ鳥のように大地を歩いてくる。見れば寅次郎を始め、新庄藩火消は火元に近づくことも出来ないでいた。

「万組の頭が、新庄藩だけはお断りだと」

――やはりそうなったか……。

源吾は鵜殿の件とは別に、この界隈にもう一つ確執を残してきている。

「あの者のようですね」

万組の火消たちに指示を飛ばしている男を発見し、新之助はそう決めつけた。

「ああ。魁（さきがけ）武蔵。万組の頭だ」

「やはりご存知ですか」

源吾は新之助を置いてずんずん進んでいくと、向こうも気が付いたのか向きなおって待ち構えた。

「久しぶりだな」

「ぼろ鳶組……頭はあんただと聞いたよ。えれえ人気じゃねえか」

「悪名だ。手伝いに来た。加えてくれ」

「目が曇ったか。俺たちに手助けが要るように見えるかい？」

万組は人数四十八名、町火消の中でも最少の部類である。しかしながら、血の滲むような訓練を積んでいることが見て取れ、個々はあの加賀鳶にも引けをとらないほど躍動している。

「だが、手伝うことくらいは……」

「もう仕上げさ」

武蔵はけんもほろろといった様子で手を振り、会話の途中も構わずに指示を出し続けている。

「昔のことだが……」

「今更遅い。来るべき時に来ないで、今駆け付けたから許せってか。都合が良すぎるんだよ。あんたがあの日太鼓を打たなかったせいで……人が三人死んでいるんだぜ」

「すまない……だが俺は火消に立ち戻った。これから償わせてくれ」

「無駄だ。俺もこれで最後だよ」

武蔵は頰に掛かった火の粉を払いながら、ぶっきらぼうに続けた。

「御法度破りも二度目となれば許されねえ。だからこれでお役御免ってことだ」

「やはり先打ちをしたのだな」

源吾の不安は見事的中していた。

「見てみろ。それでもこの有様だ。幸いまだ死人は出てないが、無駄に燃え広がってしまった。あんたも含め、どうも侍は信用出来ねえ」

武蔵はそう言うと、指示を与えながら配下が曳(ひ)いてきた竜吐水の元に駆け寄った。

「頭があそこまで近づいて指揮を執るのは珍しいですね」

振り返るといつの間にか新之助がおり、寅次郎、彦弥と皆、手持ち無沙汰(ぶさた)にしていた。

「人の命を救うため、武蔵は何をおいてもすぐ駆け、皆の先頭に立つ。厠(かわや)の途中、下帯一丁で駆けつけたこともあったくらいさ……」

「火消番付東の小結『魁』武蔵。故に魁の異名を取るのですね」

火消番付を全て諳んじている新之助が呟いた。

「魁にはもう一つ訳がある。見ていれば判る」

源吾はもう心配はしていなかった。武蔵の言う通り間もなく火は消えるだろう。

「頭自らが竜吐水ですか？」

寅次郎が驚きの声を上げる。通常、竜吐水は水番とよばれる者たちが行い、頭自らが取り扱うなどということはない。

「万組はよくやると思ったが、とんだ素人だな。炎に直にかけても消えるもんか」

彦弥は地に唾を吐いて、小馬鹿にしたようにいった。これも間違ってはいない。昨今改良が進んで竜吐水から噴射する水の勢いも上がったが、それでも炎を消すとなれば至極難しい。類焼を防ぐために、まだ燃えていない家屋を濡らすのが定石である。

「え……でも、あれは……」

驚愕する新之助は声を詰まらせた。先ほどまでけなしていた彦弥も身を乗り出して釘付けになっている。

武蔵は竜吐水の銃身を上下左右、時に大きく、時に小刻みに操ると、燃え盛る焔は塩を掛けられた蛞蝓(なめくじ)の如く弱々しくなってゆく。

「あれが、魁のもう一つの意味。『先掛け』武蔵なのさ」

燃えている家屋に向けて先に水を掛ける。これがもう一つの由来である。

武蔵は火の揺らめきを読む。俺には火の弱みが見えると自ら言って憚らなかった。先にあそこを濡らして火の行く手を遮り、次に上から浴びせて大人しくさせる。そして最後に火元の一点を狙って黙らせる。かつてそのように解説してくれたこともあったが、百戦錬磨の源吾にも難解過ぎる理論であった。いや理論というより、武蔵は火の呼吸を読んで、持って生まれた勘働きに頼って消しているように思える。

武蔵は自身が弱点と見定めた箇所に、一滴の無駄なく、一寸の狂いなく放水していく。鉄砲の名手でも務まるほど繊細に取り回していた。

――また腕を上げやがったな。

喧騒の中、源吾は舌を巻きながら水飛沫で霞む武蔵の背を見つめていた。

二

飯田町で起こった火事は、太鼓がすぐに打たれなかった割に思いのほか被害は少なかった。三軒の家が燃えたものの、死人、怪我人ともに出ていない。これも全て規則に囚われず人命を優先し、武蔵が半鐘を鳴らしたことに依る。

それに加えて、飯田町では万組が主体となって、日頃から防災訓練に励んでいることが功を奏した。

思い起こせば源吾らが駆け付けた時に火元には民衆の姿はほとんどなく、隘路の割に込み合うこともなかった。後に聞いた話だが、武蔵は人々に対して、

「物はまた励めば買える。人の命だけは買い戻せねえ。荷は置いて一目散に逃げろ」

と、口が酸っぱくなるほど普段から言い聞かせていたらしい。

武蔵が町奉行に呼び出されるという噂が入ってきたのは、火事の三日後、弥生廿一日のことであった。

捕縛され、牢獄に入れられるまで至らないのには理由がある。武蔵が犯した先打ちは身分制上禁止されているものの、明確な罪状がないのである。さらに前例もほとんど無く、あったとしてもその全てが叱責を受け、自主的に謹慎するということで処理されてきた。

今回が特殊なのは、武蔵にとってこれが二回目の先打ちだったからである。町奉行も具体的に何の罪に当たるのかと額を寄せ合って話し合い、町人が武士の振

る舞いをしたということで詐欺の罪を適用しようとしているらしい。

　他人名の詐称に対しては追放か所払いという罰が与えられる。ともかく武蔵は沙汰を待って自宅に籠っていると聞いた。

「武蔵さんはどうなるのでしょう」

　深雪が背を向けて竈を覗きながら尋ねてきた。夕餉を作り終えると、早くも火を念入りに消すのである。他にも夜になると火熨斗の類などは決して使わず、行燈も目の行き届く最低限しか使わない。

　火は人々のちょっとした隙を窺い、攻め寄せてくる。源吾はもちろん、深雪もそれを十分理解し、火の用心を怠らない。何より火消頭取の家から出火があれば、皆に示しがつかず、笑い話にもならない。

「町火消が出来て七十年。二度の先打ちはあいつが初めてだ。予想も出来ぬ」

　深雪は灰を掛け終わると、土間で手を払いながらこちらを向いた。

「あの時、運命が狂ったのは私たちだけでなく、武蔵さんも同じ」

　先ほどから深雪が武蔵さんと呼んでいるのは、名を聞き及んだからではない。深雪も武蔵とは面識のある間柄であった。

「そう思うと鵜殿にもまた腹が立ってくる」

「よいではないですか、私たちは。あれがあったからこそ、折下様、新之助さん、寅次郎さん、彦弥さん、星十郎さん、皆さんにお会い出来たのです」

「お前はどこまでも前向きだな。それに……しっかり新之助も加えてやっているので安心した」

「ほんの少し意地悪しただけです」

深雪は悪戯っぽく笑い、舌先を出してみせた。

「お前がいてよかった」

源吾が珍しくそのようなことを口に出したからか、薄暗い部屋でも深雪の頰が紅潮するのが見えた。源吾は微笑むと、暫しの間考え込んだ。

「武蔵にもそのような者がいればよいが……」

あまりにぼんやりとしていたのだろう。夜は、源吾の一番の嗜好である煙草も止めるのだが、無意識で煙草盆を引き寄せていた。深雪の咳払いではっと我に返り、苦笑する。よほど過去の景色に没頭していたらしい。

源吾が武蔵と出逢ったのは、深雪と出逢ったのと同年、九年前の明和元年（一七六四）の初夏の頃であった。その頃の源吾は、火消として最も脂の乗った時期で、火消番付も昨年より東の大関に昇りつめていた。

同時に深雪の父である月元右膳から縁談を持ちかけられ、鵜殿平左衛門に執拗なまでの嫌がらせを受けていた時期でもある。

そのような気苦労もあったからか、訓練でも必要以上に疲れ、そのまま外で飯を食って帰ることも多かった。飯田町界隈には店が多いわけではないので、外食を習慣にしている者とは自然とかち合うことになる。

「松永様じゃあないですか！　こっちに来てくださいよ！」

小料理屋に入った途端、奥から声が掛かった。それがその頃、万組で頭角を現しつつあった武蔵であった。

身丈は五尺七寸（約一七一センチ）といったところで、源吾よりも僅かに低い。顔のあちこちに小さな生傷を作っており、頰に残る十字の疵が特徴的である。歳は源吾よりも三つ下、腕は滅法良く、将来は相当な火消になると噂されていた。

この武蔵、なぜだか源吾にひどく懐いてくるのである。現場で一緒になっても武蔵の憧憬の眼差しを感じることがあった。武蔵は源吾の肩を抱くようにして、半ば強引に小上がりまで連れて行った。座には他に万組の火消が二名おり、立ち上がって迎えてくれる。

「お前らこの方を誰と……」

「この界隈で火消をしていて火喰鳥を知らねえやつなんていないぜ。武蔵よ」

仲間にそう言われて、武蔵はそりゃそうだと何度も頷いてみせた。そのまま二人が腰を据えると、もう一人の仲間が口を開いた。

「こいつは松永様に憧れているのですよ」

「馬鹿野郎、松永様に憧れない火消なんているものか。次の番付でも大関は確実よ」

「あまり気にしたことはないさ」

口ではそう言ったものの本当は気にかけていた。より優秀であると示したいのは老若男女多くの者が思うことであろう。ましてや源吾とて血気盛んな年頃なのだ。

「さすが松永様。俺だったら気にしてしまうよ。まあ、取りあえずやってくれ」

武蔵は銚子を取って源吾の猪口に注いだ。

武士と町人では身分が違うとはいえ、同じ火消を生業とし、年頃も近い。半刻もすれば意気投合してくるのは自然な流れであった。いつのまにか武蔵は「源兄（にい）」と呼んでいたが、源吾もそれを咎めることはなく応じていた。

「源兄、最近俺が何て呼ばれているか知っているかい」

「魁武蔵だろう。それこそ飯田町に限らずよく耳にする。番付にも載ったらしいな」

「俺は西前頭十一枚目。源兄に比べればまだまだだ」

「いずれもっと上がるさ」

先輩風を吹かせて調子よく言ってみると、武蔵もまんざらではない顔をしている。源吾は肴（さかな）の膾（なます）に箸を伸ばしつつ続けた。

「竜吐水の扱いが相当上手いらしいな。炎に直に掛ける『先掛け』と、現場に真っ先に駆け付けることを掛けて、魁武蔵と呼ばれていると聞いた」

「それでも、ただの一度でも源兄より先に駆け付けたことはねえ。その若さで消火の差配も群を抜いているぜ」

武蔵は感嘆して褒めそやしてくる。そうなると源吾もさらに武蔵が可愛くなってくる。

「困ったことがあれば頼れ。必ず駆け付ける」

「源兄にそう言って貰えれば百人力だ！　な？」

左右の仲間にそう言いながら武蔵は無邪気に笑っていた。

それ以降、事あるごとに武蔵と飯を食ったり、酒を呑んだりするようになった。星十郎の父で、頼りにしていた風読み、加持孫一という存在が居なくなり、胸にぽっかりと空いた穴に嵌まったのは武蔵の存在であった。その頃の源吾は生きのいい弟が出来たようで、日々が活気づいていくような心地であった。


年が明けて明和二年（一七六五）となり、月元家から持ちかけられた縁談も、本気で考えねばならぬといった頃、深雪は父の差し金か、度々松永家に差し入れをするようになった。

それがまた鵜殿の癇に障るようで、嫌がらせはさらに酷いものになっていった。鵜殿の叔父は、大名家の家老にあたる用人である。表立って対抗することも出来ない。鬱憤を晴らすため、自然と酒の量が増えた。

今までは一人で呑むことが多く、これが性にあっていると思っていたが、気が合う者とであればまた違う。

そう思い至るのに多くの時は掛からなかった。元々身分の違いに拘るわけではないが、武蔵は別格であり、家に招き入れては、互いにしたたかに酔い、行儀悪く寝そべって物語をしたりもした。何を語るわけではない。他愛もない話ばかりなのだ。火消の話ももちろんあるが、生い立ちの話、近頃身に起こった滑稽な話、そしてやはり男二人が集まれば女の話である。

「噂になっていますね」

武蔵は酒を注ぎながら唐突に言った。

「何の話だ」

「月元家の御息女とのことですよ」

「お前まで知っているのか」

「確かに耳に入りますが、俺は直接話しましたよ」

「いつ、どこで」

「十日ほど前、この家の前で」

「どういうことだ」

確かに十日ほど前も武蔵は訪ねてきた。しかしその日に深雪が来たという覚えはないのだ。源吾は記憶の端を探ったがやはり心当たりはない。

「いやね、あの日も源兄は非番だったでしょう」

「そうだったな」

「深雪様もどうやらご存知だったみたいで、源兄の家の前でばったり。こっちが今日は遠慮しますと伝えたのですが、深雪様は男同士の、ましてやこの町を守ってくださる火消仲間同士の付き合いのほうが大事。私がご遠慮致しますと仰いましてね」

「そうだったのか……」

「あの日、俺が持ってきた肴を覚えていますか？」

「あっ……確か鍋ごと持ってきていたな」

「あれは深雪様からのものですよ。余計な気遣いはさせたくないと俺からということにしてくれってね。心配はいらねえ。きちんと鍋は月元家までお返ししておきました」

「確かに美味（うま）かった」

源吾は少しばかり胸が締め付けられるような気がした。良き男ならば味だけで深雪が作ったものだと察してやれただろうし、深雪もどこかでそのような淡い期待を持っていたのかもしれない。三日ほど前に訪ねて来た深雪はそのようなことはおくびにも出さなかった。

「あれはいい娘だと思いますがね」

「そうかもな」

「おっ……脈なしかと思っていたら意外や意外。案外上手くくっついちまうかも知れないねえ」

茶化されても何も答えなかった。そんな源吾をまじまじと見ながら、武蔵はまるで我が春が来たかのように喜んでいたのを良く覚えている。

源吾は月元家の縁談を受けた。深雪の父、右膳はもう長くは無く、急ぎ祝言の支度に取りかかっていた。そしてあの事件が起こったのである。

月元家の隣家で出火があり、太鼓を打つために、急ぎ火消屋敷に向かおうとした源吾を、鵜殿とその取り巻きが遮ったのである。太鼓を打たねば、町火消は半鐘を鳴らせぬ。そのような決まりなど鵜殿は知る由もないし、昼間から酩酊しており、その勢いもあったか、鵜殿は源吾を散々に袋叩きにし、源吾が気付いた時には深雪の胸の中にいた。

病身の右膳は、

「己に構わず行け」

そう深雪を説き伏せて、火事場に臨場しない源吾のことを心配する深雪に様子悲痛に喚く源吾の脚に激痛が走っていた。暴行を受けた時、脚が深く傷付いたらしく、それは安永となった今でも、冬場になると強張り、痛みを伴うこともある。

「出る……まだ救える命があるはずだ」

源吾は引き止める深雪に配下を呼ぶように頼み、脚を引きずりながら現場に向かった。

「どうなされたのですか！　そのお怪我は！」

源吾に気付き、声を掛けてきたのは、武蔵の同輩であった。

「何ともない。よくぞ勝手に出た。次第は……」

「怪我人は多く、死人も三名……」

「そうか。すまねえ……まだ中に人がいるのだな」

目前の家は、すでにいつ崩れてもおかしくないほどの火に包まれている。それなのに水を掛け続けている訳はただ一つ。中に人がいるからである。

「病の婆様がいると聞き、組頭が飛び込んだものの出てこないのです。もうとても……」

この組頭というのが武蔵であった。満身創痍の源吾は、水を被って身構えた。

「お止めください！　焼け死んでしまう!!」

必死に引き止める町火消のほうへ振り向く。己でも不思議であった。頰に涙が伝うのに、口は何故か綻ぶのだ。

「その覚悟だ。たとえ死なずともこれが最後……」

源吾は脚を引きずりながら走り、すでに炎に巻かれている家に飛び込んだ。途方も無い熱に、あっと言う間に指先から水は乾いてゆく。爪を剝がされるような激痛に耐え、奥へと進むと嫗に覆いかぶさるようにして倒れ込んだ武蔵の姿があった。

「しっかりしろ！」

「熊太……婆さんを……」

煙を吸い込んだか、武蔵の意識は朦朧としており、別人と勘違いしている。源吾は濡れた羽織を脱いで武蔵に被せ、嫗を引き剝がして出口へと運ぶ。待ち構えた万組の者に託すと、すぐさま中へと引き返した。多く露出させた肌から湯気が立ち上り、鑢砂を擦り込まれるような感覚である。

「武蔵。すまねえ」

武蔵の脇に躰を入れると、歯を喰いしばって持ち上げる。脚の感覚はすでに失われ、他人のもののように思えた。

「誰だ……」

掠(かす)れた声で武蔵が問う。唇は乾いて皮が割れ、上瞼(うわまぶた)が激しく痙攣している。

「誰でもいいさ。お前が助かれば」

もう返事は何もなかった。再び意識を失ったのだ。源吾は己の足を叱咤(しった)し、朱に染まる景色に決別し、茫と浮かぶ白い光へ向けて踏み出した。

三

「昨夜は寝相が酷うございましたね」

雲雀(ひばり)の囀(さえず)りと共に目を覚ました源吾に、深雪が掛けた第一声はそれであった。この前の振る舞いに余った大根を切っており、鍋からは湯気が上がっている。

「布団に入った覚えがない」

「胡坐を掻いたまま寝ておられました。運ぶのに随分苦労しました」

そのようなことは今まで一度も無かった。もの思いに耽(ふけ)り些か酒を過ごしたのかもしれない。そういえば今日はどこか躰が重いように思う。

　朝餉の支度が整い、二人向かい合って座る。普段ならば音を立てて漬物を嚙み砕き、飯を掻っ込むところであるが、今日はゆっくりと咀嚼した。

「食欲も無いようですね」

　深雪はそのような些細な変化も見逃しはしなかった。

「風邪を引いたか」

「あまり悩み過ぎないようにしてくださいさい」

　妖の類ではないか。時折そう思えるほど、深雪は源吾の心を看破する。確かに江戸に戻るなり、多くの悩み事が降って湧いた。武家火消が太鼓打ちを阻害するという奇妙な事件もそうであるし、武蔵の謹慎もそうであった。

「わかった。苦労をかける」

「今宵、お話があります」

　源吾は箸をぴたりと止めた。男というものは愚かなもので、何も身に覚えはなくとも、改まってそう言われれば息が止まりそうになる。

「……別れたいなどと申すのではあるまいな」

　深雪は目を細めて睨み付けてきた。このような冷たい視線は久しく見ていない。

「何か悪さをなさったので？」

「いや、何もしておらん」

「へえ……」

深雪はさっと目を伏せて、さっさと飯を口に放り込んでゆく。このような深雪を見れば、

――新之助が般若と言ったのも無理はない。

と、思うのだが、そのようなことを口にしようものならば、地獄が待っているのは火を見るより明らかであった。源吾もいそいそと箸を握り直して、味噌汁を啜る。

「いや、今日も美味い。さすがだ」

ほっと息を吐いて笑顔を作った。それがまたわざとらしいと取られたか、深雪はちらりとこちらを見たが、すぐに視線を椀の中に戻した。

今日は非番で本当はもう少し眠りたかったのだが、朝餉を済ませると、源吾は逃げるように家を出た。ああなってしまえば暫く機嫌が直らぬことを誰より知っ

ている。

源吾は寝床を探して中屋敷の教練場に向かった。

屋敷に近づくと何やら大声が聞こえてくる。方角火消としては、非番といえども万が一に備え、交代で数人は詰めている。今日の当番を思い出すが、喧嘩を起こしそうな者は誰もいない。しかもよく聞けば大声を上げているのは若い女ではないか。

「どうしたのだ？」

「御頭！　今日は非番では？」

配下の鳶が問いかけた。しかし源吾の視線はそちらではなく、鳶たちを睨み据える女のほうに向いていた。いや、女というより娘といった年の頃である。

「誰だ。その子は？」

「あなたが松永源吾様ですか？」

「うむ……そうだが」

娘は腰に手を当てて仁王立ちし、源吾を見上げてきた。円(つぶ)らな目に長い睫毛(まつげ)がたっぷりと乗り、可愛らしい顔つきをしている。上唇がほんの少し尖(とが)っており、その口の形にはどこかで見覚えがあるような気がした。

鳶が慌てて説明するには、いきなりここに押しかけて来て、源吾に会わせろと詰め寄ってきたという。今日は非番で来られぬと説明したが、娘はならば呼びつけろと高飛車に言い放ったらしい。それでいて言葉遣いは丁寧ときている。慇懃(いんぎん)無礼(ぶれい)とはまさしくこのようなものであろう。

「うちの者が何かしたかな？　まさか……彦弥のやつか」

一瞬そう思ったが、娘は見たところ齢十ほどであろう。さすがの彦弥も手を出すことはなかろう。

「今年、松永様は大関に返り咲きましたが、何か特別な縁由でもございますの？　例えば御老中様に賄賂(まいない)を贈られたとか」

唐突な質問に源吾は首を捻った。この娘は一体何をしに来たというのだ。確かに田沼とは懇意にさせてもらっているが、町人の遊びでもある火消番付にさすがに影響はなかろう。

「そのようなことはないが」

「絶対嘘です！　そうでもないと、そんなに早く大関に戻れるはずがありません」

からかっているのかとも思ったが、娘は大真面目(おおまじめ)のようである。

「あんなもの遊びさ。あてにならないよ」

「そんなことございません！」

己を下げて言ったつもりが、娘の癇に障ったようで源吾はいよいよ返答に窮(きゅう)した。

「お嬢、名前は？」

「琳(りん)です」

「ではお琳、何故そのようなことを訊くのだい？」

お琳は少し俯いて間を空けたが、再び顔を上げて口を開いた。

「松永源吾が大音勘九郎を抜き、東の大関になるって、市井で噂になっております」

「ほう……口さがない江戸の民らしいな。だがそれは無いだろうよ」

「え？」

お琳の顔が急にぱあと明るくなった。

「あいつは天下の加賀鳶、俺は泥に塗れたぼろ鳶、ひっくり返らねえさ」

「よかった……」

お琳は胸に手を当てて安心している。加賀鳶は子どもにも憧憬の目で見られている。お琳も熱心に応援しているのだろうと思った。

「お琳ちゃん、お母上や、お父上は？」

「母上は亡くなりました」

源吾はどこから来たのかという意味で問うたのだが、思いのほか重い回答に言葉が詰まった。お琳は続けて口を開く。

「父上はいます」

「おお、そうか。誰かに送らせ――」

笑顔で言いかけるのを遮るようにお琳は言い放った。

「名を大音勘九郎と申します」

源吾も度肝を抜かれたが、それ以上に鳶たちは仰天して目を白黒させている。見上げるお琳は誇らしげに微笑んでいた。

勘九郎は源吾より一つ年上の三十四歳。全くといってよいほど生活の匂いを感じさせないため、想像出来なかったが、子がいてもなんら不思議ではない。勘九郎に子は一人だけ。つまりお琳が一人娘ということになる。妻は九年前の明和元年に失っているという。

大音家は四千三百石。陪臣ではあるものの、石高だけでいえば大抵の旗本は上回っている。お琳は「お姫様」と呼ばれる身、母はおらずとも家人が甲斐甲斐しく世話を焼き、今日まで育てられてきた。

お琳は、江戸の火消の頂点にある勘九郎のことを、誰よりも誇りに思っており、二言目には、

——いつか私も火消になる。

そう言って周囲を驚かせているらしい。

現在まで、女の火消はただ一人として存在しない。それを承知で言っているのだから、その思いの丈が分かろうというものである。

「と、いう次第だった」

帰宅して盥で脚を洗いながら、源吾は日中の出来事を語り終えた。

「御父上が好きなのでしょうね」

斜めを向いていた機嫌も直ったようである。深雪の声が朗らかになっており、源吾は密かに胸を撫で下ろした。

「そうらしい。しかもまた来ると吐き捨てて帰っていった」

「何のために？」

「偵察だとよ。賄賂を使ったかどうか、手並みを見に来るんだと」

「ふふふ……大音様もそこまで想われて、さぞかし嬉しいことでしょう」

「あいつがにやけているのは想像出来ねえがな」

源吾は脚を手拭いで拭き上げ、板間に上がった。

「朝、申し上げた話ですが……」

深雪が話しかけ、源吾が肩を強張らせたその時、遠くで源吾を呼ぶ声が聞こえた。どうやら配下の鳶の一人である。

「待て……火事か」

源吾は渡りに船とばかりに話を遮ると、再び裸足(はだし)のまま土間に降り立った。

「御頭！　先生が……加持様がお戻りになられました！」

「早くねえか⁉」

星十郎を呼び戻すように頼んだのは、つい四日前のことである。幾ら何でも早過ぎる。

「こちらが呼ぶ前に既に発たれていたようで、入れ違いのようです。しかも伝馬(てんま)を使ってのお戻りです。間もなくこちらへ！」

伝馬とは、東海道宿駅に置かれた、幕府の公用をこなすために乗り継ぐ、その馬のことをいう。

　京から江戸まで大人の脚で十五日。それよりも早く帰る手段として早駕籠があるにはあるが、値も張る上に七日ほど昼夜構わず揺られるため、体力のある者でも飯も喉を通らぬ有様となる。

　その点、馬を使う伝馬は躰への負担も少なく、何より速い。しかしながら公のものしか整ってはおらず、一握りの富商が組み上げた伝馬は、目玉が飛び出るほど高価である。どのようにして使ったかと首を捻った。

「すまねえ。話はまた聞く。皆を呼んでいいか？」

「はい。どうぞ」

　皆を呼ぶように命じ、配下は再び飛び出していく。深雪の様子を窺ったが、怒っているというより、拗ねているといったほうが適当に見え、少しばかりほっとした。

「お帰りとあればお祝いをしなくてはなりませんね。急いで材料を買ってきます」

「いや、今日は急だ。構わねえ」

「そのような訳にはいきません」

深雪は濡れた手を拭うと、小走りで出掛けていった。そのようなしっかり者の妻を見ていると、己のような馬鹿な男に、よくぞ付いてきてくれたものだと改めて思う。もっとも、文句一つ言わずという訳ではなく、小言は毎回零されているという条件付きではある。

慌てて出ていった為、戸が開けっ放しになっており、源吾は俯きながら腰を浮かせた。西日が遮られたので、深雪が引き返してきたのだと思った。

「何か忘れたか？」

返答が無かったので顔を上げる。立っていたのは男で、長い総髪を無造作に後ろで束ねている。その髪が赤茶けて見えるのは、決して西日のせいではない。

「ただ今戻りました」

「帰ったか、星十郎」

加持星十郎、類稀なる智嚢を持った天文学者にして、新庄藩火消の風読み、いわば軍師の役割を担っている男である。

「少し痩せたか？」

「早朝から夜更けまで馬上にありましたので。精根尽き果てました」

儚く微笑む星十郎の目の下には隈が浮かびあがっている。

「よく伝馬なんて頼む銭があったな」

「江戸で何かよからぬことが起きている。急ぎ戻り松永を助けよ。長谷川様がそう仰い、伝馬の便宜(べんぎ)を図ってくださいました」

「お気づきという訳か」

　こちらが呼び戻そうとした時には、すでに星十郎は馬上の人になっていた。平蔵はこちらより早く、遥か離れた江戸の不穏な動きを察知していたことになる。

「あの人には敵わねえな」

　源吾は苦笑しながら頭を掻くと、煙草盆に置かれた美しい細工の入った銀煙管(ぎんきせる)へと目をやった。平蔵から拝領した一品である。それを手に取り、刻みを詰めながら源吾は話す。

「詳しい話は皆が来てからでいいな。で、京はどうだった。長谷川様に事件の協力を頼まれていたのだろう？」

「ええ。中々奇怪な事件でしたが解決致しました」

「へえ。どんな事件だ」

「青坊主(あおぼうず)という者が……」

　そのような話をしながら集合を待っていると、四半刻もせずに皆が姿を現した。

「先生！　よくぞ帰って来てくれました……もう風が読めなくて彦弥さんに怒鳴られてばっかりで」

新之助は源吾の帰参の時のような情けない声を上げた。

「京の女はやっぱり別嬪(べっぴん)かい？」

「お料理が薄味でお口に合いませんでしたか？　少し痩せられたような……」

彦弥、寅次郎と立て続けに訊きながら入ってくる。星十郎もようやく帰った実感が湧いたのであろう。くすりと笑いながら、

「皆さん、ただ今帰りました」

と、改めて帰りを報告した。

一頻(ひとしき)りこの間のことを説明すると、星十郎は下唇に手を添えて少しばかり考えこんだ。

「それだけでは何とも……それぞれに共通点は？」

新之助は星十郎ならばすぐに答えが出ると思っていたのだろう。淡い落胆を隠せずに首を横に振った。

「丸屋町の奥平家和間殿、麴町の諏訪家中田殿、そして御頭の古巣飯田町、神保

殿。どの御方も実直勤勉、これまで取り乱したことなど一度もありませんでした。そして……」

新之助が続けようとするのを、源吾は掌で制して横取りした。

「麴町の堀に浮かんだ二人の仏、中田殿の妻子であるらしい」

身に付けた手拭いが同じであったと主張する新之助を信じ、その線で左門が調べてくれた。すぐに判りそうなものを、存外時が掛かったのは、中田が火消頭を務める諏訪家も、火付盗賊改方も、一切の情報を公開していないからであった。

「なるほど。和間、神保の二人に妻子は？」

星十郎が考えていることは、源吾も気付いていた。

「いる。そして無事だ」

「面会は出来ませんか」

「それは先方より頑として断られた」

奥平家の江戸家老、賀来浪江は話の分かりそうな男であったと、左門も新之助も口を揃えて言っていた。しかしながら改めての面会を申し入れたところ、対応は一変してけんもほろろに断られたという。

「俺が忍びこもうか？」

彦弥は大真面目であるが、この泰平の世に乱破のような真似をさせ、万が一見つかろうものなら、彦弥の命だけでなく新庄藩そのものの存続が危うい。

「当事者は皆自害。残った妻子は軟禁状態。そこで手詰まりなのさ」

源吾はそう言うと、再びいそいそと煙管に刻みを詰めた。最近は特に苛立っており、一服する回数も増えたように思う。

「寅次郎さん、帳面をお見せ頂けますか？」

星十郎は帳面を借りると穴が空くほど見つめている。源吾が一服を終え、掌に煙管を叩いた時、星十郎は帳面を床に置いて指さした。

「この湯島天神下町の火事。庭瀬藩板倉家が後着とありますが」

星十郎は続けた。

「太鼓は打たれましたか？」

「はい。だからこそわ組は半鐘を鳴らし、駆けつけたのです」

「解せませんね。どう考えても板倉家のほうが近い。太鼓を打ったならば支度も済んでいるはず」

「先生もわ組が火付けをしたとお考えですか？」

巨軀の寅次郎が、身を乗り出せば、床は堪らぬと軋む。

「いいえ。これも同類の事件かと」

「しかし太鼓は打たれたんだぜ」

最も大きな相違点を指摘する源吾に対し、星十郎は嚙み砕くように話した。

「太鼓を打たなければ半鐘を打てないこと。当然のように語っていますが、それは皆が火消になった証。多少知識が豊かな私でも知らぬことでした」

「確かに……考えたことも無かったたな」

彦弥は指で額を掻いて記憶を喚起している。

「そうです。それほど当たり前のように、太鼓が打たれ、鐘が鳴っている。子どもの頃に教えられたことというのは、習慣となって疑問を持ちにくい」

確かに言う通りであった。太鼓が打たれれば最低限の荷を持て、鐘が鳴れば家を出て、それから掻き鳴らされる音が聞こえるまでに逃げよ。子どもの頃、父母から祖父母から、はたまた近所の大人から、耳に胼胝が出来るほど聞かされてきた。

「板倉家の者は何者かに脅されて、動けなかった。しかし下手人もこの仕組みを知らなかった。湯島天神の火事で、板倉家はそこに賭けたのではないでしょうか」

「明日にでも共に板倉家へ行ってくれるか？」

星十郎は前に零れた赤髪を払いのけると、こくりと頷いた。その時、明るい声と共に、丁度深雪が戻ってきた。手には大量の食材を抱えている。

「星十郎様、お帰りなさいませ」

「奥方様、ご無沙汰しております」

星十郎は姿勢を正すと慇懃に頭を下げる。

「よく買えたな」

源吾は深雪が置いた食材の数々を見て言った。昼を過ぎれば大概の店は店仕舞いをし始めるのだ。夕刻にもかかわらずよく集めたものだと感心させられる。

「閉まっていた魚屋さんを開けて貰いました」

「もう深雪様は何でもありですね」

「何か？　日頃の行いの差でございます」

新之助がぼそりと呟くのを聞き逃さず、深雪はちくりと言った。

「流石（さすが）夫婦……御頭の耳みたいだ」

「悪口だけ聞こえるのですよ」

深雪は睨みつけてはいたが、目の奥が笑っていることを、源吾だけは知っている。

星十郎は思い出したかのように懐から袱紗(ふくさ)を取り出して開いた。包まれていたのは、鼈甲(べっこう)で作られた小ぶりの簪(かんざし)である。

「それは？」

新之助が覗き込みながら尋ねた。

「御頭から奥方様に似合うものを見繕(みつくろ)ってこい。そう申し付けられました。ねえ、御頭」

星十郎はにこりと微笑むが、一切の心当たりがない。

「うむ……」

「まあ」

駆け出さんばかりに深雪は喜び、簪を手に取るとまじまじと見つめている。

「旦那様ありがとうございます。星十郎様もご足労をおかけ致しました」

眩(まばゆ)い笑みを向けた後、張り切って料理の支度に向かった。

「星十郎、代金は……」

「いえ、結構です」

源吾が財布を探そうとするのを、星十郎は押しとどめた。

「人付き合いが苦手と言いながら、すっかり如才なくなって……先生は賢いからすぐに習得しますね」

星十郎は南蛮人の血を引いており、その容姿から人々に冷たく当たられた。それもあってか父の無念を晴らすため、人との関わりを断って庵に籠っていた過去を持っている。

新之助がいつまでもぶつくさ言うので、星十郎は口に指を押し当て、それから胸の中心をぽんと叩いた。

「これに関してはここですよ」

星十郎の笑みは、出逢った頃のような他者を侮蔑する色は消え果て、慈愛に満ち溢れた美しいものであった。

四

翌日、星十郎と共に板倉家に脚を向けた。途中、源吾はやはり昨日の土産が心苦しく、財布から銭を取り出した。

「まことに結構です。それに……ついでといえばついでなのです」

星十郎の頬が染まったので、源吾も頬を上げた。

「お鈴か」

お鈴は、御徒町で評判の蕎麦屋「小諸屋」の看板娘で、火事でその娘を救ったことが、星十郎が庵から踏み出すきっかけともなった。

「一度、彦弥さんに相談しようかと……」

「あいつの意見は参考にならねえよ。下手したら嫌われるぞ。お前はお前のままでいい」

「御頭も奥方様を口説かれたので？」

星十郎が真顔で尋ねるものだから、思わず噴き出してしまった。

「そんなところさ」

深雪と初めて出逢ったのは、もう十五年ほど前。定火消頭になったばかりの源吾が助けた少女こそが深雪であった。それを知らされたのは僅か一年前のことである。これを縁と捉えるか、女の執念と捉えるか、どちらにせよ今は己の妻になっているのだから、縁の深い仲であったのは間違いない。

そうこうしている間に板倉家の屋敷に辿り着いた。門を叩くと小者が現れ、取次を依頼した。暫し待たされ、戻って来た小者が言うには、当家としては話すことはなにもないというものであった。恐らく左門を介して事前に申し込んでも答えは同じであったであろう。

「また来るか」

「近くの茶屋で張り込めば、板倉家の者が現れるかも知れませんね」

二人で相談しながら、手頃な茶屋を探そうとした時、後ろから人が追って来る気配がして振り返った。男は立ち止まると、周りを気にしながら囁きかけてきた。

「松永源吾殿でございますな」

源吾とそう年も変わらぬ肥えた侍である。その顔にどこか見覚えがあった。

「どなた様でしたかな」

「昨年の大火の折、小塚原で共に……板倉家火消水番頭、藤井十内と申す」

「ああ！　これは失礼仕った」

大火の折、小塚原が最終防衛線と定めた源吾であるが、新庄藩だけではどうしても火消が足りなかった。その時、駆けつけてくれた諸藩に板倉家もあり、確か率いていた者の名が藤井だったのを思い出した。

「静かに……」

藤井は声を潜めてさらに続ける。

「拙者の馴染み(なじ)の店があります。間を空けてついて来てくだされ」

藤井に言われるまま二人は後に付いて行く。行き着いたのは掛茶屋であるが、藤井は店の者に一声かけて奥に入っていく。源吾らも店に入ると、同様に奥へと誘われた。

「これはいかなることですか」

衆に聞かれてはならぬということは解ったが、その内容までは予測出来なかった。

「湯島天神の火事の直前、当家は脅されておりました」

「やはり……」

確かにそのような仮説を立ててはいたが、当人らの口から聞けば、やはりその衝撃は大きかった。

「火消頭のお子が攫(さら)われたのです」

藤井が語る事の次第はこうであった。

板倉家の火消頭には五つになったばかりの男子がおり、それが少し目を離した隙に忽然(こつぜん)と消えたのだという。躍起(やっき)になって皆で捜したが、その痕跡すら無く、神隠しかと思い始めた翌日、一通の書状が届いたという。

「三日後、湯島天神で火事が起こる。火消を繰り出せば子の命は無い。そう書かれておりました」

藤井は肉付きの良い頬を震わせつつ続けた。火事が起き、火消を繰り出さぬことを見届ければ、子の隠し場所を教えると書かれており、火消頭は苦渋の決断の末、条件を呑むと宣言したという。しかし板倉家としては、下手人の盲点に賭けたらしい。

「太鼓を打つ。ということですな」

星十郎が小声で問うと、藤井は首を縦に振った。

「賭けではございました……しかし火消頭はお子と、江戸の民、両方を救う道を模索されたのです」

板倉家の賭けは成功した。火事が起き、火消を繰り出さずに門を閉ざしていると、すぐに文が投げ入れられた。裏口から人を出し、指定された場所に向かうと、そこには手足を縛られ、猿轡(さるぐつわ)を噛まされた子の姿があったという。

あとはこちらも知る通り、町火消が太鼓を半鐘で追いかけて出動し、新庄藩火消も駆けつけて事なきを得たのである。

ここまで聞いた源吾にはいくつかの疑問が浮かんだ。

「こう言ってはなんだが……よく子が帰ってきたものだ」

このような悪事を企む者ならば、足がつくことを恐れて殺しかねないと思うのだが、真正直に子を帰す意味が解らなかった。これには星十郎が間髪を入れず答える。

「助かる道があればこそ、人は要求を呑む。悪事にも信用が要るということです。そうでないと次に仕掛けた時、玉砕覚悟で火消を繰り出すやもしれません」

南蛮では人の心を読む学問まで発達しているらしく、星十郎はこれを心理学と訳して身に付けている。これもそれに照らし合わせて導き出した答えなのだろう。

源吾は得心すると、もう一つの疑問を投げかけた。

「なぜ板倉家はこのことを秘している」

「三通目の書状が届いたのは、火事の翌日……」

藤井はその後のことにも言及した。このことを他言すれば、必ずやまた同じ目に遭わせるというのだ。それに恐れをなした家老の命により、箝口令が布かれたらしい。

「恐らく初めの標的が板倉家。この失敗に気付いた下手人は、口止めをした上、手段に修正を加えて、次に臨んだのでしょう」

星十郎は火事や火消に詳しくない者の犯行であると予想した。故に太鼓と半鐘の関係を知らずに子を帰したというのだ。他にもそう考える理由があるという。

「付け火の方法は全て陳腐なものばかり」

星十郎はそう断言した。朱土竜や金属片を使った火付けはおろか、火縄を使った時限式のものでもない。もっともあの秀助ほど、飛びぬけて炎に詳しい者もそうはいない。

「では……例の」

「秀助を失ったのが相当痛手のようですな」

藤井は何の話をしているのか解らず、二人の顔を交互に見ていた。

源吾は藤井に一層家中の安全に気を付けるように言うと、最後に謝辞を述べて茶屋を後にした。

「例の……御方でしょうか」

下手人を呼ぶのに、星十郎の言葉が畏まっているのには訳がある。二人が思い描いているのは、従三位の公卿の位にある男である。

「一橋(ひとつばし)の野郎か」

源吾は舌打ちした。どれほどの官位を纏い、世の人がどれほど敬(うやま)おうとも、命の価値には些かの差異も無いと考えている。そうでなくては決して火消は務まらないだろう。

「いよいよ田沼様にお伝えしなければならねえな」

田沼は幕府の実権を握るほどの地位にありながら、江戸の民を我が子同然と言う。この男のことを、深雪は幕府始まって以来の英傑と慕っており、源吾もその人柄に触れてそのことは間違いでなかったと感じた。

桜の花は既に散り去り、茶色くくすんだ花びらが地に落ちていた。代わりに噴き広がった新葉の香りが、人の営みに寄り添っている。それを吸い込みながら、源吾は御城の方角へと目を移した。

五

板倉家を訪ねてより三日の間、源吾は田沼にどのように連絡を取るか頭を悩ませていた。昨年までは平蔵が江戸におり、そこから繋ぐことが出来た。しかし京に行かれた今それも叶わない。

いかなる無理も挑戦してくれる左門だが、こればかりは血相を変えて首を振った。相手は今を時めく老中であり、もっともなことである。

駄目元で主君の名を借り受け、書状を出したものの、田沼の目に触れるのには多くの時を要するであろう。そもそも手元まで届くものか怪しい。田沼の威光に縋ろうと、それほど多くの大名旗本が連日書状を発しているのである。

――駕籠訴する訳にもいかねえしな……。

駕籠訴とは、対象が外出の折に駕籠の元に走り寄り直訴することである。不敬極まりない行為とされ、その場で斬り伏せられても文句は言えない。もっとも受け入れられたとしても、衆の耳目が集まり、後に切腹は免れられまい。

源吾は当番を終えると、打開策も思いつかぬまま、ぼんやり考えて家路に就いた。

「帰ったぞ」

家の中から深雪の笑い声が聞こえて来た。誰か来客があるらしい。それで聞こえなかったのかと、もう一度呼びかけた。

「ただ今」

「あっ。帰ったようです。お待ちください」

深雪の軽快な声が聞こえてこちらに向かって来る。

「誰か来られているのか」

「田沼家家臣、山本又兵衛(やまもとまたべえ)様です」

「何だと⁉ どのような御仁だ！」

源吾は慌てて草鞋(わらじ)を脱ごうとして転びかけた。

「あれ？ 火消仲間で周知の仲だと……」

山本某(なにがし)などという武士に心当たりは無かった。頭を過(よぎ)ったのは昨今連続している誘拐事件のことである。源吾は草鞋を諦めて土足のまま上がる。剣術はからっきしであるが、そのようなことも言っておられず、腰の刀の鐺(こじり)を上げて奥へと進んだ。

何事かと深雪の顔から血の気が引いてゆく中、源吾は思い切って襖を開け放った。

「むお――」

驚きのあまり人生の中で一度も出したことのないような、奇声を発してしまった。脈拍が速まり、卒倒しそうになるのを、ぐっと耐える。

「た、たぬ……」

眼前の初老の男は、指を厚い唇に当てて微笑んでいた。

「思い出してくれたかな？　松永殿」

安い木綿の着物に身を包んでいるが、目の前の男こそ、幕府始まって以来の出頭人、老中田沼意次なのである。

「は……い」

「やはりお知り合いなのでしょう？　私も昨年ご挨拶をさせて頂きました。それなのに主人がご無礼致しました」

「いやいや。ここのところ物騒故な。お美しい奥方を守ろうとされたのであろう」

「まあ。お上手。面白いお爺様ですね」

「これ、深雪」

源吾が青ざめて窘めようとするが、田沼はまことに嬉しそうに笑っている。

「松永殿が帰るまで二人で楽しゅう語らっておったのじゃ。なあ、深雪殿」

「田沼様のご家中とあって、御老中のことをよくご存知なのですよ」

「蛇が怖い、とかな」

「ふふふ……芹(せり)が食べられないとかですね」

二人が目を合わせてじゃれ合うように笑う様は、まるでまことの爺様と孫のようにも見えた。

「深雪殿、ご主人をお借りしてよいかな」

「ええ。ごゆっくり」

僅かな時の間にすっかり意気投合したようで、源吾は止めどなく溢れる冷や汗を袖で拭った。

「御老……いや、山本様。人が悪い。息が止まるかと思いましたぞ」

「深雪殿と話してみたくてな」

「はあ……」

源吾もようやく落ち着きを取り戻して、腰を下ろした。

「読んだぞ」

田沼の相貌(そうぼう)が一変して、目は別人の如く鋭くなる。一流の為政者の片鱗(へんりん)を垣間(かいま)見て、源吾は固唾(かたず)を呑んだ。

「お気づきでありましたか」

落ち着き払った田沼の様子から、源吾はそう見て取った。

「うむ。故に標的となり、太鼓を打てなかった各家を咎めてはおらん」

「止める手立てはありませぬか」

いくら手練(てだ)れの火消といえども、全ての火を消し止めることは難しい。このまま続けば、いずれ甚大な被害が出ることが予想される。それを防ぐには元を断つしか方策はなかろう。

「御方は本気で将軍家を乗っ取る気でおる。その為に浪人を多数飼っておるらしい。中には正式に一橋家臣に名を連(つら)ねている者もいる」

「秀助もその一人……」

「厳密に申せば、秀助はそのような者の口車に乗せられたということになる。お主の配下の見立て通り、秀助を失ったのは相当響いているようだ」

田沼は拳骨を己の腕に打ち付けてそう表現した。ふと源吾は疑問に思った。

「なぜ火に拘るのでしょうか……口にするも憚られますが、他にも……」

「例えば儂を暗殺する……か？」

さらりと舌を動かすので、源吾は身を小さくして畏まった。田沼は頬を指で摘まんで弾くと、厚い唇をさらに動かした。

「周囲に漏らしていたらしい。これが最も安上がりだとな」

源吾は己でもこめかみに青筋が浮かぶのが分かった。食い縛った歯が擦れ、石臼を回すが如き音を立てる。

「手前味噌であるが、儂よりきれる倅がおるでな」

田沼の嫡男・意知は、齢十九にして従五位下、大和守に叙任した。これが幕閣をはじめ、一橋でさえも舌を巻く傑物であるらしく、世子のまま若年寄にするという案まで持ち上がっている。仮に田沼を暗殺しても、次に若獅子が控えていることになり、二代続けて殺すなど、さすがの一橋でも出来るはずがない。つまり一橋は田沼の治世を揺るがさねばならず、一度に最も多くの無辜の民を巻き込める火付けを選択しているというのだ。そのようにどす黒い男が実在すると思うと、源吾は怒りを通り越して、そら恐ろしさを感じた。

「平蔵がおればな」

「もしや……」

「栄転させるように根回ししたのも御方よ」

明晰な田沼にもかかわらず、相当旗色が悪いと見える。それほど一橋は権謀術数に長けているということか。

「下手人を捕まえるには、人質が囚われたる地に踏み込むしかなかろう。だが、それでも火事は起こる」

「拙者が必ずや消し止めます」

久方ぶりに自らを拙者と呼んだ。町人然としているが、己の躰にも三河武士の血が眠っているらしい。

「頼むぞ」

田沼は口回りの皺をゆがませ、老獪な笑みを見せた。

「よろしいでしょうか？」

離れたところから深雪の声が聞こえてきた。声が漏れ聞こえてこぬようにという配慮であるらしい。源吾が口を開く前に、田沼は許可を出した。深雪は膝を突いたまま襖を滑らせる。

「山本様、大したお持て成しは出来ませぬが、御馳走させてくださいませんか」

「残念ながらこの後、集いがございましてな。つまらぬ会合でござるが、行かねばなりませぬ。またの機会に」

老中である田沼が顔を出す会合など、つまらぬものであるはずがない。しかしさきほど政の醜さを垣間見た源吾としては、そのような諧謔を挟みたくなる気持ちも少し解るような気がした。

「残念。よい大根が入ったのに」

「たぬ……山本様は大根などお召しにならぬ」

あまりに野暮ったい食い物を勧めるものだから、源吾は手を前に突き出して止めた。

「いや。あれを昆布出汁でことことと炊けば、それだけで御馳走よ」

「山本様、分かってらっしゃいますね」

知らぬとはいえ、妻の不遜な態度に目が眩みそうになる。田沼の顔は緩みっぱなしで、照れくさそうに首の後ろを撫でている。

「そうだ。深雪殿、船に乗ったことはおありかな？」

「渡し船には乗ったことがございます」

「もそっと大きな船よ。田沼様が造っておられ、間もなく完成する。そのあかつきには、松永殿と共に来られるがよい。乗れるようお頼みしよう」

深雪は手を打って喜び、繰り返し礼を述べた。田沼はその様子を好ましげに眺め、二度三度頷いた。

下手人を捕らえ、一橋の野望を打ち砕く気でいる。しかし向こうが動かなければ、捕捉することは出来ない。それが歯痒く、さらに源吾を苛立たせた。

深雪は詳しいことは知らずとも、源吾の様子を肌で感じ取っているのか、

「目の前のことに懸命に向かえばよいではないですか」

そう言って落ち着かせようとしてくれた。

六

目の前のことと言えば、間もなく公開の訓練を行うことになっている。三月前の出初式では、公開訓練のほかに、深雪や鳶の妻たちの力も借りて家庭で行う簡単な防火法の講座などを行った。みすぼらしいぼろ鳶の出初式には、それほど多くの者は来ないだろうと踏んでいたが、思いのほかの評判で、屋敷の敷地内に入りきれぬ事態となった。そこで源吾の帰国を待って、もう一度行うことにしていたのである。

また、人というのは喉元を過ぎれば熱さを忘れるもので、こういった取組みは地道に何度も行ってこそ意味があると考えていた。

公開訓練の当日、新庄藩中屋敷にはこぞって人が詰めかけた。前回の出初式での評判が、さらに人を集めたのであろう。

新庄藩の鳶が一糸乱れず仮想の火に立ち向かう様に、観客は惜しみない喝采を送った。中でも盛り上がったのは、江戸でも屈指の火消になった寅次郎や彦弥の演武である。

寅次郎が一丈（約三メートル）の大丸太を軽々と頭上で回せば、野太い男の声で感嘆の声が起こり、彦弥が梯子から梯子へ、屋根から屋根へと飛ぶと、女の黄色い声がそれを追いかけた。

源吾、新之助、星十郎はそれを頼もしげに見守っていた。新之助と星十郎には、この後の講座で講師を務めて貰うことになっている。

入り口は何でもよいのだ。冷やかしでもよい。まずは興味を持って貰い、そこから火への向きあい方、大切さ、そして恐ろしさを学んで欲しいと思っている。

彦弥が梯子で宙返りをすると、一際大きな声援を飛ばす子どもがいた。お七である。

お七の家が火事に遭遇したことがある。肺の弱いお七の母は煙を吸って昏倒し、燃え盛る長屋に取り残された。その中に飛び込んで救ったのが、源吾と彦弥である。それが切っ掛けでお七は、彦弥のことを大の贔屓にしており、自らの手で彫った木札を贈るほどで、このような機会があれば、真っ先に駆け付けるのだ。

彦弥は彦弥で、お七のことを歳の離れた妹のように可愛がり、たった今も梯子に足を絡めて逆さになると、お七を指差して喜ばせている。

「加賀鳶よりも凄い！」

お七が叫んだその時である、それを上回る大声が響き渡った。

「そんなことない！」

何とこれも子どもの声で、源吾には聞き覚えがあった。

「絶対、ぼろ鳶のほうがいい！」

「ぼろ鳶なんて、加賀鳶の足元にも及ばない！」

子ども二人が声を張り上げて喧嘩を始めたので、観客は眉を顰める者、微笑ましく眺める者、手を打って煽る者と、様々な反応を見せた。

「もうぼろ鳶が上なの！」

「ぼろ鳶は所詮ぼろです！」

子どもたちは彦弥の曲乗りを置き去りに、今にも取っ組み合いになるかというほど過熱している。

「ぼろぼろ酷いなあ……」

新之助が困り顔になって仲裁に向かおうとするので、源吾はそれを追い抜いて二人の間に立ちはだかった。

「お琳。加賀鳶が上さ」

源吾が優しく声を掛けると、あの日のようにお琳から笑みが零れた。

「御頭まで！」

お七は源吾の裏切り行為に憤慨し、腕を組んでそっぽを向いてしまった。

「お七、加賀鳶が優れた火消だってのは本当さ。でもいつまでも俺たちも負けてねえぜ」

そう言うと、お七はゆっくりとこちらを向き、代わりにお琳が不安げな顔になる。子どもたちは一々過敏に反応するので、こちらのほうが可笑しくなってしまう。

「そうそう。皆協力して江戸を守ればよいのです」

追い付いた新之助がそう言うと、観客の顔にも一様に笑顔が戻り、どっと沸いた。ただその中で、源吾だけが眉間に皺を寄せ、振り返った。

ふと気づくと、子どもが二人ともこちらを見上げて涙目になっている。恐らく今己は鬼の形相になっているのだろう。そして首を振ったものだから、二人に対して相当怒っていると思われたに違いない。

「どうしました？」

「いや……今、誰かが鼻で嗤（わら）った」

「へえ。他にも私たちを嫌いな人が来ているんですかね」

新之助はきょとんとして衆を見渡した。源吾には小馬鹿にしたような嗤いには思えなかった。感情を一切取り去った無機質で冷たいものに感じたのである。

気を取り直して必要以上に笑顔を作ると、源吾は二人の頭にぽんと手を載せた。

「こうして応援してくれる者がいるから、俺たちは恐ろしくとも火に飛び込める。俺も勘九郎も、それは同じだ」

初めて二つの眩（まばゆ）い笑顔が並んだことで、源吾も小傷だらけの顔から歯を覗かせた。

七

深雪は朝は至極ご機嫌であった。

卯月朔日、本日は田沼肝煎りの弁財船、鳳丸の進水式が行われる。そこには幕府の要職に就く者や、一部の大名やその家老、江戸きっての富商のみが招待されていた。本来ならば小藩の、しかも三百石の火消頭如きが立ち入ることは許されるはずもないが、そこに夫婦して招かれているのだ。

数日前、新庄藩上屋敷は田沼から書状が届いたとあって大わらわとなった。家老の北条六右衛門は不在のため、次席の児玉金兵衛がそれを恐る恐る開く。そこには、達筆な字が丁寧に並んでおり、田沼の花押までしかとあった。

――鳳丸の進水式に新庄藩も参じよ。ただし家老不在故、松永源吾を名代とすること。他にその妻、供の者一人の帯同を許す。

「お主……また何か仕出かしたか――」

源吾を呼びつけた金兵衛の声はわなわなと震えており、その真相を知る身とあっては思わず噴き出してしまいそうになったものである。

こうした経緯で、源吾は江戸湊へ向かっているのである。

「なぜ二人ではないのですか？」

深雪は頰を膨らませて言った。折角気分が良かったところに、予期せぬ来訪者があり、拗ねている。

出発の少し前、支度を終えたところに、家の戸を叩く者があった。

「はいはい。今開けます」

深雪は上機嫌で戸を開ける。

そして即座に閉めた。

一瞬だけ見えたのは、紋付き袴を身にまとって笑みを振りまく新之助の姿であった。

「どなた様ですか？」

深雪は背で戸を押さえつつ冷酷に言い放つ。

「ひどい！　今、目が合ったでしょう？」

「いえ、存じ上げません。私用がございますので、またのお越しをお願いいたします」

「鳥越新之助です！」

がたがたと揺れる戸を背に、深雪が人相悪く睨み付けてくる。源吾は手を擦り合わせて許しを請うた。

田沼様から直々のご招待とあって、家中の者は浮かれきっている。口外するなというほうが無理な注文であった。供の随行を許すと書かれていたことで、火消とは全く関係のない者まで源吾の機嫌を伺い、連れて行って貰おうとする始末である。

そのような中、面白いものがあれば何でも飛びつく男が黙っているはずがない。新之助は四六時中源吾の後ろに付いて回り、繰り返し懇願するものだから遂に音を上げてしまった。

「すまなかった。中々言い出しにくくてな……」

「事情は解りました。供を許すとあるのに、連れていかねば旦那様の顔が潰れます」

新之助はようやく理解してくれたかと、ほっと安堵の息を漏らした。

「しかし供には外で待って頂きましょう。あくまで供ですので」

源吾からすれば、からかっているだけと解るが、当人からしたら気が気ではないだろう。今日は一段とお美しい、やはり気立てがよいから立ち姿もよい、などと阿りの言葉を次々と並べていく。そのような新之助が可笑しいらしく、深雪は笑うのを必死で堪えて、まるで飴でも舐めているかのようにずっと口を動かしていた。

「大きい……」

遠くからでもその姿は認められたが、江戸湊に着いてみると、改めてその大きさに驚き、深雪は感嘆の声を上げた。

「千二百石の弁財船と聞いている」

弁財船は幕府が開かれる以前、戦乱の時代から運用されており、その時代から構造に大きな変化も無く、航、根棚、中棚・上棚の外板と、多くの梁によって造られている。この点においては、その他多くの和船と同じであるが、船首のみが関船と同様、太い一本水押となっていることで、他のものよりも速く、また高い波でも越えられる。

元禄以前は三、四百石の弁財船が主力であったが、昨今では六百から八百石が主流となるほど造船技術は進化していた。千石船も稀に造られるが、それでも、千二百石ともなればまずお目に掛かれない代物であった。

「田沼様は、いずれこれより大きいものを造るおつもりで、阿蘭陀（おらんだ）に船大工の派遣をお願いしているらしい」

「へえ……御頭が火消以外のことを語るのは珍しいですね」

そのようなことを、したり顔でつらつらと話すと、新之助はその知識に感心している。

実はこれらの知識は付け焼き刃である。何も知らずに来るのはさすがにまずいと考え、事前に左門と星十郎に船の説明を受けてきた。つまり受け売りを披露したに過ぎない。

「御老中は何のためにこのような大きな船を？」

想定外の問いに、源吾は首を捻った。これには深雪が自信満々に答える。

「廻船の発展。特に北前船（きたまえぶね）です」

田沼が推し（お）進めている重商主義において、物流は最も重要な要素である。より多く、より速く運ぶことは、国の景気を押し上げることに繋がる。

しかしながら、菱垣（ひがき）廻船や樽（たる）廻船はともかく、北前船は荒れた日本海を行くために難破することも多かった。田沼は冬の荒波をも越える船の開発に力を注いでいる。

「旦那様も仰いましたが、いずれは南蛮の船の技を取り入れ、万里の波濤(はとう)を越えるおつもりかと」

深雪はいずれ海外貿易に打って出るつもりだと言う。そのような話は聞いたこともなければ、噂にもなっていない。

「国を閉じて久しいが……」

長崎の出島(でじま)における蘭国との貿易などを除き、幕府が鎖国して百三十年以上経っている。いくら田沼が開明的とはいえ、そのようなことを考えるだろうか。

「いえ。田沼様は感じておられるはずです。この国の生きる道を」

潮風を受けて解れ髪(ほつれがみ)が揺れている。それを搔き上げる深雪の顔は情熱に彩(いろど)られているように見えた。かつてこの国に生きた平清盛(たいらのきよもり)や織田信長(おだのぶなが)などの英雄も、もしかしたら、これと同じ子どものような顔で海を眺めていたのではないか。源吾は己の妻の横顔に、ふとそのような感想を持った。

大名、家老の順に案内され、鳳丸に乗船する。深雪は目を輝かせ、構造や内装を褒めそやしていた。

「ざっと見積もって千七百五十両。田沼様も奮発されましたね」

素人が見てそのようなことが果たして判るものか。それでも算鬼ともいうべき深雪が見積もれば、それが正しいように思えてしまう。

甲板は多くの客により埋め尽くされている。田沼は多くの者に新型である鳳丸を見せ、出資を募ってさらに船数を増やすつもりである。

「あと四半刻もすれば田沼様が来られるらしいですよ」

誰かから聞いてきたのだろう。新之助が盃を手に戻って来た。本来ならばもう田沼は到着しているはずであったが、緊急の評定のため遅れると先ほど報せられた。その間の無聊を慰めるため、皆に酒が振る舞われている。

「お忙しいのに遊んでおられるからだ」

思わずぼそりと独り言ち、深雪と新之助が首を傾げながら顔を見合わせた。

「ん……」

新之助は奇妙な声を発して首を傾げたまま固まっている。

「筋を違えたか？」

「いえ、確か荷の格納庫は立ち入り出来ませんよね？」

「先ほどそのように案内役が言っていたように思うが」

「ですよね……少し離れてもよいですか？」

「それは良いが、誰か見知った者でもいたか？　まさか好いた女子であるまいな」

軽口を飛ばしたが、新之助は頭を掻いて否定しなかった。

「そのようなところです」

新之助はへらへらと笑いながらその場を離れ、人込みの中に紛(まぎ)れていった。

船の上では身分は問わぬ。そう田沼の厳命が出されている。そうでなくては三歩歩くごとに、商人は大名に頭を下げねばなるまい。この辺りの気配りも、足軽から身を起こした田沼らしい配慮である。

しかし、ここにいる者がみな己の何倍もの富を持っていることは確かである。

――場違いなところへ来たものだ。

源吾は溢れる人々の顔を眺めながら思った。

なるほど富という魔力は、人相を変えるらしい。きっと毎日上等な物を食しているのだろう。どの者も無駄ともいえるほど肌艶(はだつや)が良く、頬は弛(ゆる)み、目は淀(よど)んで見えた。多くの庶民が彼らの暮らしに憧れ、当人らも人の頂(いただき)に居座っていると思い込んでいる。

だが源吾は負け惜しみではなく、そうは思わなかった。威勢のよい声を出す棒手振りも、お節介焼きの婆様も、独楽(こま)回しに興じる子どもも、貧しくとも懸命に生きている者こそ美しいと信じている。だからこそ源吾は、それをいとも簡単に燃やそうとする者を、決して許すことは出来ない。

「おい……何をしておる！」

　誰かが叫ぶ声でふと我に返った。その場の全ての者の視線が、船首に注がれている。鼓動が速くなり、爪先まで血が落ちるように感じた。新之助が刀を抜き放ち、何者かと対峙しているのだ。相手は姿勢を低くし、腰の刀に手を掛けている。

「新之助!!」

　源吾は叫びながら衆を掻き分けた。甲板に悲鳴が飛び交い、下船しようと逃げ惑う者もいる。そのような狂騒の中、船首の二人は微動だにしない。

「曲者じゃ！　取り押さえよ！」

　幕臣であろうか。そのように左右に命じるが、人々の流れに逆行するため容易に進むことも出来ない。それは源吾も同じで、すぐに人の圧力に詰まってしまう。背をぐっと押されて躰が隙間に捻じ込まれた。振り返ると、顔を真っ赤にした深雪が諸手を突き出している。

「早く……行ってあげてください。新之助さんは馬鹿だけど、無暗に人に刃を向ける方ではありません……」

「分かった。お主は離れよ！」

均衡が崩れて衆がわっと散る。源吾は人の塊を突き抜け、つんのめって膝を突いた。顔を上げると、やや八双気味に刀を構える新之助の姿があった。

「何をしている……」

「こいつ、船底に火を付けようとしやがりました」

はっとして新之助の視線の先に目をやった。男の年頃は三十前後であろうか。身丈は五尺六寸（一六八センチ）とそれほど高くはない。特異なのはその顔である。この国には滅多にいない相貌である。だからといって星十郎のように南蛮人の香りがする訳でもない。なめし革のような精悍な褐色の肌、野趣を感じるくっきりとした二重瞼、今まで一人として見たことはないが、聞いた話によると越南や呂宋の者はこのような顔ではないか。源吾は勝手な想像を膨らませた。

「はて……思い違いをされているようだ」

「油を撒いているのを見た」

「何を馬鹿な。怪しい男が船底に入ったのを見たので、問い詰めようと追っただけ。うっかり見失ってしまったが……そこに貴殿が来られたのだろう？」

新之助が足の指一本分間合いを詰めると、男は鼻を鳴らしながら全く同じだけ後ろへ退いた。

――この音は……。

勘九郎も鼻を鳴らす癖がある。しかしこの男のものはそれとは異なり、悪寒が走るような空虚さがあった。最近これと同じものをどこかで聞いたように思うが、修羅場の中で、記憶を探る余裕は無い。

「嘘を申すな」

新之助が詰め寄るが、男には余裕すら感じられる。

「嘘を申しているのはそちらよ」

源吾は新之助を信じている。頼りないところもあるが、決して人を貶める嘘を吐く男ではない。やはり、この男が下手人に思われるが、これでは水掛け論である。このような事態を引き起こした以上、抜刀している新之助が咎を受けよう。

「私は新庄藩火消頭取並、鳥越新之助。家名に懸けて嘘は申さぬ」

新之助は周囲にも届くような大音声で名乗りを上げた。

――いいぞ。新之助。

源吾の拳に力が籠った。相手はこちらと違い、名乗ることも出来なければ、身元を証明する者もいない。仮に偽名を名乗ったとしても、そのようなものは調べればすぐに解る。

男はほくそ笑みながら無駄の無い所作で柄から手を離し、さらに大音声で叫んだ。

「一橋家家臣、風早甚平。拙者も主家の名を背負って答える。濡れ衣である！」

「一橋……名乗りやがった」

源吾の呟きが届いたのであろう。風早はこちらを向き、先ほどとは打って変わって囁くように話しかけてきた。

「貴様ら……何度邪魔立てすれば気が済む」

――こいつだ！

源吾は即座に確信すると、手を柄へと走らせた。風早の手はそれよりも遅く動き出したが、源吾よりも先に柄を摑み、抜刀した。源吾では到底敵わない遣い手である。

二本の白刃が煌めき、甲高い音が周囲にこだました。しかし源吾の刀はまだ半ば鞘で眠っている。交わったのは新之助と風早の刀である。

「御頭、抜いては駄目です。罰を受けるは私だけでいい」

「上役思いだな。畏れ入る」

鍔迫り合いとなり、不快な金属音が鼓膜を揺らした。風早のほうが膂力に優れているらしく、新之助は押し潰されていく。

「その代わり……ここでお前を斬る」

新之助は力を抜いて後ろへ飛び、宙で刀を走らせた。しかし風早は思い切り仰け反って躱すと、一転猪の如く突進した。

「あっ――」

源吾が思わず声を上げた時、体当たりを受けた新之助は船から投げ出された。ざぶんという水音が聞こえ、源吾は急いで船縁に取りつく。白泡が立っている海面から新之助が顔を出した。安堵したのも束の間、どうやら泳げないらしく、新之助は手足をばたつかせて苦しそうにもがいている。

「今行く！」

源吾はそう言うと、勢いよく振り返り風早を睨み付けた。

「てめえ……必ずあげてやる」

「新庄藩の御方は妄想癖が過ぎるようだ」

周囲にはすでに幕臣や他家の家臣が満ち溢れており、それらが聞くことを見越してか、風早は惚(とぼ)けてみせた。源吾は羽織と袴を脱ぎ捨て、下帯姿になると、頭から海へと飛び込んだ。暴れる新之助を捕らえ、ゆっくりと語りかけて落ち着かせる。

「掴まっていろ。岸まで泳ぐぞ」

「すみません……」

「黙っていろ」

新庄藩では組の立て直しに追われて取り入れてないが、定火消時代には水練にも励んでおり、源吾も水黽(あめんぼ)のようだと言われたほど泳ぎが上手い。

「あいつ……かなり強い――」

海水を呑み込んでしまったのであろう。新之助は激しく咳(せ)き込んだ。

「黙っていろと言っただろう」

海面と同じ高さから江戸の町を眺める。陽の光を受けた屋根は水銀を塗ったかのように輝いていた。あの神々しい景色の中に、人々の暮らしがある。そのような当たり前のことを心で唱えながら、源吾は波を掻き続けた。

鳳丸の進水式は中止となり、身を案じた幕臣の勧めもあって、結局田沼も現場には現れなかった。陸に上がった後、源吾と新之助は取り囲まれて尋問を受ける事になった。

では誰の主導で取り調べるのか。幕臣たちはまずそれに頭を悩ませた。理由は当事者の一人、風早甚平の属する一橋家が極めて特異な家であるためであった。

一橋家はもともと八代将軍徳川吉宗の四男宗尹より興り、田安家、清水家と並んで御三卿と呼ばれる。理由は公卿の位に昇る資格を有しているからである。

現当主は家祖の息子である治済である。この治済こそ明和の大火、そしてこの度の事件の黒幕であると田沼は目していた。

治済は自身の子を将軍にするという野心を抱いており、その障壁となる田沼の失政を誘い、排除しようと目論んでいる。

一橋家を始めとする御三卿には領地というものが存在せず、従って藩という概念もない。十万石分の俸禄を将軍家から直接賜り、江戸城内に住居していた。御三家ですら藩政に苦心し、参勤交代を行うのだが、御三卿は何もせず安穏と暮らすことが出来るのだ。

さらに家臣に関しても他家とは一線を画している。家老や主だった家臣は、皆幕臣からの出向で構成されており、従って俸禄を支払う必要もない。

つまり御三卿は暇と金を持て余し、その余裕から政争に関心を持つのも頷けることであった。

これらを総合すると、一橋家とは藩ではなく、将軍家の家族に過ぎず、これを裁く司法というものを幕府は有していないのである。

風早は逃げることもせず堂々と取り調べにも応じた。風早は幕臣ではなく、一橋家の俸禄の元になっている備中(びっちゅう)の産で、その剣の腕前を買われて護衛を務める家人(けにん)のような待遇で雇われているという。

「私はこの目で確かに見ました！」

ずぶ濡れになりながらも、声を荒らげて主張する新之助に対し、風早は嫌らしい笑みを浮かべつつ、

「新庄藩の方々はなぜか当家を目の敵(かたき)にされておる」

と嘯(うそぶ)き、話は平行線を辿るのみであった。

処置に困惑する幕臣たちに対し、一橋治済からは新庄藩を徹底的に糾弾(きゅうだん)せよと横槍が入る。一方の田沼からも、新庄藩は幕府の船を守ろうとしたに過ぎず、無罪放免とせよと指示が飛び、源吾らの遥か上でも火花を散らした。

しかし新之助が先に抜刀したことには変わりなく、分が悪いと見て田沼は戸沢

家に対し新之助を謹慎に処することを命じ、これで一橋家を黙らせて落着させた。

三日後の昼、源吾は新之助の自宅を訪ねた。閉門処分ではないものの、世間の目を憚って裏から入らねばならない。随分落ち込んでいるものと思っていたが、新之助は存外けろっとしており、第一声に、

「あのう、謹慎ってどうするのですか？」

などと笑って訊くものだから、心配したこちらが馬鹿らしくなってくる。

「鈍らねえ程度に休んでおけばいいさ」

源吾は溜息混じりに答えてやった。すると、新之助は急に真顔になって話し出した。

「火消の家族を斬っているのはあいつです」

「何故そう思う」

「太刀筋に癖があります」

高い剣技を身に付けている新之助もまた、そのような視点で下手人と確信しているようだった。

「やはりそうか……だが奴も警護のため城内に住んでいる。易々と手出しは出来

ん」

「次の仕掛けのため、また人を攫うでしょう。その時に捕まえるしかありませ
ん」

もっともな方法であるが、風早は相当な腕前である。そう言う当人以外、新庄藩火消で対抗出来る者はいないだろう。

「田沼様が骨を折ってくださっている。そう長く謹慎生活も続かぬ」

源吾は励ましのつもりで言ったのだが、新之助の顔が酷く暗いものへと変貌した。

「恐らく風早は新庄藩を狙っています」

「何だと」

火消の家族を狙っているのだ。新庄藩とて例外ではないだろう。しかし府下には武家、町合わせて数百の火消組織がある。断定するのはどういうことか。

「あいつ、先の公開訓練に来ていました」

「あの時か……」

あの独特の鼻を鳴らす音、どこかで聞いたことがあると思っていた。新之助に言われて一気に記憶が甦ってくる。

「そうです。皆に気を付けるように伝えてください」

「ああ。これほどのことを仕掛けているのだ。仲間もいるだろう」

風早一人で誘拐から監視、火付けまで行うのは無理がある。相当な人数を注ぎ込んでいるに違いなく、昨年野望を潰されたばかりだというのに、一橋の執念のほどが分かるというものだ。

それにしても新之助の記憶力には舌を巻く。あの日は老若男女が入れ代わり立ち代わりで屋敷に入っていた。それでいて憶えているなど尋常ではない。

「絵で憶えるのです」

新之助はそう言った。風景を切り取って脳裏に張り付ける。そのようなことが物心ついた時より当然のように出来、幼い頃は皆も同じようにしているのだと思い込んでいたらしい。

「誠にそれだけは感心する。羨ましいものだ」

本心からそう言ったのだが、新之助は暫く答えずに天井を眺めていた。

「忘れられたほうが、いいこともありますよ」

新之助の笑みは、いつも陽の光を思わせるほど底抜けに明るい。しかし今日の微笑みは、雨に煙る朧月の如く哀しげに見えた。

第三章　加賀(かが)の牙(きば)

一

新之助の忠告を受け、新庄藩火消もいよいよ警戒を強めることとなった。家族には出来る限りの外出を控えさせ、どうしても出なければならぬ時は、護衛を付けてくれるように左門が取りはからってくれた。日常のお役目に弊害は出るが、事態の重さに、今の新庄藩の家士に文句を言う者は一人もいない。

新之助に面談した翌日の早朝、神田紺屋町(こんやちょう)で不審火が起こった。

ここの町火消よ組は、府下の町火消で最大の七百二十名を誇る。しかし、いかに多くの頭数があろうとも、動かなければ案山子(かかし)にも等しい。

やはり太鼓が打たれなかったことで、初動が大いに遅れ、再建途中の家々に延焼した。結局、方角火消大手組が出動して消し止めたものの、七軒の家や店が燃え、病(やまい)に伏していた商家の隠居が焼け死んだ。

この火事は源吾にとっても衝撃であった。油断していた訳ではないが、少し間が空いていたこともあり、一橋はこの手を諦めたものかと思い始めていた。

その淡い期待を裏切るように、不審火は続いた。それも七日連続である。

二日目の戌の刻、麻布で起こった火事には、新庄藩火消が駆け付けた。例に洩れず太鼓は打たれず、鐘も鳴ってはいない。ただ遠巻きに成り行きを見守る町火消を押しのけて、瞬く間に鎮火した。詐略に嵌まって謹慎している新之助の無念を晴らさんとばかりに、新庄藩火消の躍動には鬼気迫るものがあった。

三日目は正午を少し過ぎたばかりの昼間、出火元は四谷。この地区には四谷門外定火消屋敷があり、ここが連絡系統の頂点にある。

何と、これは太鼓が打たれた。本来なら驚くべきことではなく、それで当然なのだが、もはやそちらのほうが珍事と錯覚するほど、火消組織は崩壊しつつある。

間もなく火は消されたが、その日の夕刻には寺の境内で、定火消頭取並の母が無残な姿で発見された。その遺体に頭取並は縋りついて、

「すまない。許してくれ……」

と、何度も何度も繰り返し慟哭した。周りの者はそのあまりにも痛ましい姿

に、何も声も掛けられなかったという。

四日目は半ば陽が地に隠れた酉(とり)の刻（午後六時）、火元は通塩町(とおりしおちょう)の畳屋である。ここは小川町(おがわまち)の定火消屋敷が管轄であったが、こちらは打たなかった。故に鐘も鳴らない。

そこで町火消の中でも群を抜いた実力を誇るに組が、驚くべき暴挙に打って出た。

全体を二手に分け、一手でもって燃え盛る家屋の周囲にあっという間に火除地を作る。しかし本丸には水をかけずにそのまま静観する。その間に残る一手で小川町定火消屋敷に詰めかけると、軽々と門を破り、太鼓を乱れ打った。その上で即座に半鐘を鳴らし、完全に鎮火せしめた。まさしく「順序」を守らせたのである。

町人が旗本の火消屋敷に殴り込むなど想像し難いが、源吾は何一つ驚かなかった。に組の頭のことも良く知っている。自身の縄張りで起きた火事はいかなる手段を用いてでも消し止める。もし邪魔立てする者がいようものならば、殺しかねない凶暴な男である。故に十分あり得る話だと思った。

それによって、また二人の遺体が濠に浮かぶことになった。に組は暗躍する影に気付いていなかったのか。いや、たとえ気付いていたとしても、自らの縄張りを優先する。に組の頭は徹頭徹尾そのような男であった。

五日目は未の刻（午後二時）に春木町の武家屋敷。管轄は御茶ノ水の定火消であるが、これも水を打ったように静まり返っていた。しかし別の場所からすかさず太鼓が打たれた。本郷に本拠を構える加賀藩上屋敷である。

町火消た組が半鐘で追従し、駆けつけた時にはすでに燃え盛る屋敷の四方は更地へと変わっており、た組は相変わらずの加賀鳶の手並みに啞然としたらしい。

勝手に打ったことを臆面も無く咎めに来た定火消に対し、勘九郎は鼻を鳴らすと、

「呑気に昼寝でもされておられるかと思い、お手伝いしたまで」

と、怒気を込めて言い返した。その上で堂々と引き上げる加賀鳶の凜然とした姿に、定火消も何も言い返せずに引き下がった。

六日目は皆が寝静まった丑の刻、場所は市谷左内坂。恐らく今までと同様、連絡の元となる定火消を脅迫したのだろう。しかしやり口は日に日に凶悪に進化しており、今までと大きく異なっていた。

出火したのが定火消屋敷で、付けた張本人が定火消であったということであ

る。油をそこら中に撒き散らして火を付けたことにより、屋敷は瞬く間に炎に巻かれた。

燃え盛る炎の中、太鼓を打とうとした定火消たちであったが、太鼓の革は切り裂かれ、とても使い物にならなかった。これも事前に破壊されていたということになる。

涙と洟を垂れ流した下手人は、震える声で皆に詫びを告げると、躰に火を移して焼身自殺を図った。

火元が定火消屋敷とあって、管轄のく組も出動して消火に当たったが、火は周囲四方に延焼し、規模が八十七名と小規模なく組ではもはや手に負えなかった。近くの八丁火消が動向を窺う中、南北より疾風迅雷（しっぷうじんらい）駆けつけた火消がいる。ぼろ鳶と加賀鳶である。

「さっさと消すぞ。ぼろ鳶」

馬上の勘九郎は鼻を鳴らした。風早のものと違い、不思議と不快感はなかった。これまでも何度も同じ仕草を見舞われ、慣れ切ってしまったのか。そうとも思ったが、昨年までは侮蔑の色が感じられた。大火は勘九郎の心境にも少なからず変化を与えたのかもしれない。

「じゃあ、西を貰っていいか」

「やりやすいほうをやれ。我々はお主らが投げ出した側をやってやる」

「口の減らねえ野郎だ」

「鳥越は謹慎中であろう。ぼさっとするな」

いつの間にか勘九郎が新之助の名まで覚えていることに、思わず口元が緩んだ。

「ぼろ鳶なんぞより早く片づけます。俺を先陣に」

そう勘九郎に進言してきたのは、首でも刈れそうな縦挽鋸(たてびきのこぎり)を肩に担いだ牙八である。こちらの方を射るように睨んで威嚇している。新庄藩の者もお世辞にも上品なたちではない。中でも一段短気な彦弥は睨み返した後、負けじと言い返した。

「頭！　鳥の飼い犬に目にもの見せてやる。行かせてくれ！」

牙八と彦弥は下顎を突き出して睨み合う。源吾は片笑んでこめかみを指でなぞり、勘九郎は再び鼻を鳴らし、二人の号令が重なった。

「いけ!!」

放たれた矢の如く皆が散開する。

「八番組！　吠えろ！」

　牙八が咆哮すると、配下も一斉に喊声を上げてそれに続く。梯子を掛けて纏師を屋根へと上らせようとする牙八に向けて、空から声が降ってきた。

「まだ地べた這いずり回ってやがるのか、犬ころ」

　あっという間に屋根に上った彦弥は、纏を屋根に突き立てて鼻下を指で擦った。

「うるせえ！　馬鹿は高いところが好きらしいな」

　牙八は罵り返すと、庭先にある木に鋸を立てた。火が移れば、木の葉は無数の炎の欠片へと変じ、周囲に撒き散らされる恐れがある。大人二人が手をつないでやっと回るほどの大木である。寅次郎が鉞を使っても相当手こずるに違いない。前後に動く牙八の両手がどんどん速くなっていき、最後には鋸がぼやけて見えるほどであった。

「悪いが死んでくれ」

　牙八がそう言うと同時に、大木は哀し気な声を発して傾いていき、葉の騒めきと共に地に倒れ込んだ。ぼろ鳶が切る半分ほどの時しか要していない。

　さらに驚くべきは牙八の体力である。あれほどの速度で鋸を挽き続ければ、並の者ならへたりこんで暫く使いものになるまい。しかし牙八は息一つ切らさず、指示を飛ばしつつ次の獲物を探し求めていた。

「寅！　負けてられねえぞ」

彦弥は気負って寅次郎に向けて叫んだ。

「あまり気張りすぎて落ちるなよ。まずは消すことだ」

寅次郎は落ち着いた調子で返すと、掛矢で次々に壁をぶち抜いていく。

東西に火除地が出来たのはほぼ同時であった。それでも牙八と彦弥は、俺たちのほうが早い、いや誰が見ても俺たちだと言い争っていた。

「いつまで続くのでしょうか……」

星十郎は無残な光景を見渡しつつ唸った。

「後手に回るのは仕方ねえ。俺たちは火消。捕まえるのは火盗の役目だ」

「しかしながら今の火盗は役に立ちません。長谷川様がいてくれれば……」

「いねえものは仕方ねえ」

強がってはみたものの、何の策もなかった。好き放題火を付けさせて、それを消して回っているに過ぎない。

今まで太鼓を打たなかったどの火消も罰せられていない。田沼は状況を鑑みて配慮していると言っていた。

——田沼様……それでは一橋の思うつぼだ。

源吾は心の中で呼びかけた。罪にならぬとあれば、いよいよ太鼓は打たれない。負の連鎖は加速する一方である。

いくら江戸の火事が多いとはいえ、こうも続けば皆に疲れの色が目立ち始めた。新庄藩の本来の守護地は、江戸城桜田門に迫る火事、及び芝周辺である。今は一部を除いてどの火消もあてにはならず、方角火消の大原則、江戸城守護の名の下に府下全域のどこで出火があっても対処せねばならぬ状況である。それも昼夜問わず。非番の日も警戒を怠れないのだ。

七日目も出火があった。東の空が白々と明ける寅の刻（午前四時）を過ぎた頃、場所は駿河台。折からの強風で、西へ凄まじい勢いで広がりつつある。跳び起きた源吾に配下が報せた。

駿河台にも定火消屋敷がある。耳を澄ませど、やはり太鼓の音は聞こえなかった。こうなればいかに己の耳がいいとはいえ知る術がなく、こうして報せてもらうしか方法はない。

「旦那様……西へということは……」

羽織を掛けてくれる深雪の声はか細いものであった。

「ああ……飯田町だ」

北風のほうが圧倒的に多いことから、江戸城北方には飯田町、御茶ノ水、小川町、そして今回の火元の駿河台と定火消屋敷が密集している。それ故、ただでさえ管轄争いの諍いが多く、初動が遅れる地域であった。駿河台が打たぬとあれば誰も動くまい。

ただ一つ。人々の命を守ることだけを考え、管轄を越えてでも駆けつける組があった。それこそが武蔵率いる少数精鋭、万組である。その武蔵は例の先打ちで謹慎中である。それでも武蔵ならば出ようとするだろうが、武蔵を慕う配下が石にかじりついてでも止めようとするだろう。つまり炎は無人の荒野を行くかの如く突き進む。

「あと二刻、おそくとも三刻のうちに雨が降ります」

馬に揺られながら星十郎は星一つ見えぬ曇天（どんてん）を見上げた。

「天はまだ味方のようだ」

もはや多くの火消は頼りにならない。火消にとっての最後の頼りが味方してくれていることは心強かった。

飯田町に向けて急行している時、黒装束の一騎がこちらに近づいてくる。

「あれは加賀鳶の。何故ここに」

後ろで星十郎が声を詰まらせた。出動したとしても、駿河台や飯田町とは反対方向であり、ここにいることがおかしい。それも一騎、源吾も良く知っている火消である。

「あれは清水（しみず）か」

清水陣内。加賀鳶の二番組頭で、今年の火消番付では西の前頭筆頭。役者のように人気者の多い加賀鳶の中では華こそないものの、堅実な手腕に定評があることから、「煙戒（えんかい）」の渾名（あだな）で呼ばれている火消侍である。

「捜したぞ！　脚を止めるな」

陣内は巧みに馬を操り、並走しつつ話しかけてきた。

「捜したとはいかなる次第」

星十郎の問いに陣内は心苦しそうに答えた。

「加賀鳶は出られぬ。飯田町で止めてくれ！」

「まさか――」

源吾の脳裏に浮かんだのは例の誘拐事件である。

「やられた……大音様は火消を繰り出そうとしておられるが、半数以上が猛反対し、紛糾しておる」

陣内はこの状況でも立て板に水の如く話し続ける。遂に被害者が出たことで加賀鳶が割れた。それだけでも勘九郎を中心に纏まっている加賀鳶には珍しいことである。

出動しようとする勘九郎に四番組頭福永矢柄、六番組頭義平が従ったが、頭取並にして一番組頭の詠兵馬、二番組頭清水陣内、三番組頭一花甚右衛門、五番組頭小源太、七番組頭仙助、八番組頭牙八が断固として反対した。

「中でも牙八は……大頭に立ち塞がり、俺を殴り殺してから行けと……」

勘九郎は拳でもって繰り返し打擲したが、牙八は血まみれになって顔を腫らしても立ちはだかっていた。見かねた補佐役の兵馬が独断で陣内に新庄藩火消の元へ走るように命じて今に至るという。

「分かった！　俺たちに任せろ」

「恩に着る……今はお主らに頼るほかない」

余程状況は逼迫しているのだろう。陣内の顔は汗まみれである。

「まさか加賀鳶に頼られるとはな。早く行って止めてこい」

陣内は気合いを発して馬首を巡らすと、そのまま走り去っていった。

「牙八の身内が攫われたのでしょうか」

星十郎はそう言いながらも、すでに心ここにあらずといった様子であった。今府下でまともに動いている火消といえば加賀藩と新庄藩のみである。その一翼が欠けることを想定し、今後の方策に考えを巡らせているのだ。

「牙八に身寄りはねえはずだが……」

考えたのも束の間、今は火事のことがすぐに思い起こされてさらに馬を駆った。連日の出動で疲労が抜け切れておらず、新庄藩の鳶は皆いつもよりも息が上がっている。

現場に近づくと、報告通り駿河台からの出火は西へ西へと燃え進んでいるのが解った。

「本当に火消が出ていねえ……」

彦弥は怒りのあまり拳を震わせ、目尻には涙が浮かんでいた。

「御頭、火消ってのはこんなもんですか⁉」

普段穏やかな寅次郎の顔は憤怒の色に染まっている。

火消こそ真に強い者でなければ務まらない。源吾のその言葉を信じ、寅次郎は夢であった力士から転身した経緯を持つ。そのことを指しているとすぐに解った。

「心を折る。敵の狙いはそれだった……」

全ての火消が疑心暗鬼に陥っている。そして次は己ではないかと恐々としているのだ。ならば下手に出しゃばらず大人しくしよう。その怠惰を超えた薄情が蔓延している。

――どうすればいいんだ……。

源吾は目の前が眩み、諦めかけそうになった。百数十年積み重ねてきた火消組織が、こうも脆く崩れ去るものか。そもそも何故このような下らぬ規則が溢れているのか。身分制度を重んじる幕府は、身分への頓着が薄いという火消の本質に気付いているからこそ、多くの規則で縛ろうとしているのではないか。そこを敵に隙と見られ、見事手玉に取られている。

そのような中、己たちだけで何が出来るというのか。心から戦意が溶け出そうとしたその時、燃える町々を茫然と眺める人々の姿が目に飛び込んできた。ようやく大火から立ち直ろうと希望を持ち始めた頃なのだ。それをも炎は無残に呑み込んでいく。

――俺は馬鹿野郎だ。

源吾は頬に爪を立てて引き下げた。

唯一の頼みの綱である火消も保身に走り、自らの屋敷の周りを申し訳程度に立ち回るのみである。どれほど口惜しかろう。どれほど心細かろう。

「誰が腐ろうとも俺は行く。たった一組の火消になろうとも俺たちは行く！　行くぞ！」

配下の顔が紅潮し、鬨の声を上げる。それは、朱い敵に挑むための鼓舞というよりは、己たちの無力さへの悲痛な叫びのように聞こえた。源吾を先頭に新庄藩火消は進む。それに気が付いた人々から喝采は飛んでこなかった。このいつ終わるとも解らぬ日々に、人々は疲れ果てており、ただ哀願の目で見送るのみである。もしかしたら、〝ぼろ鳶〟と気付いていないのかもしれない。

その中には疑惑の目で見つめる人もちらほらと見えた。庶民の火消への信頼も崩壊しつつある。昨日まで英雄のように扱われていた火消にとって、これも堪え難いことの一つであろう。

並の火消ならば、である。ただ新庄藩火消はそれには慣れっこであった。ぼろ鳶と風采を揶揄され、時には火付けの犯人とまで貶められた。それでも助けを求める誰かのため、ただ炎へ立ち向かう。

――皆、目を覚ませ。

普段は馴れ合うことなどない。ただ炎を憎むという一点で繋がってきたのではなかったか。府下に散らばる怯えきった仲間に向け、源吾は何度も心で呼びかけていた。

二

辰の上刻（午前七時半）から降り始めた雨は、新庄藩に味方した。小雨だったのも束の間、雨粒はみるみる大きくなり、やがて梅雨時のような沛然たる雨になったことに力を得て、新庄藩は一気に事を決することが出来た。

残り火が無いかを丁寧に確認した上、源吾はようやく自宅へと辿り着いた。東から顔を出した陽は、すでに正中近くに迫っていた。

源吾は煤に塗れた衣装を脱ぎ捨てると、そのまま突っ伏すように布団に倒れ込み、泥のように眠った。深雪が労いの言葉を掛けてくれたような気もするが、それすらも記憶が曖昧で、定かではなかった。

深雪に揺り起こされた時、世間はまだ明るく陽が赤くもなっていないことから、一両日中眠りこけたのかと思いきや、一刻半ほど眠っていただけだと教えられた。

「もう少し眠らせてくれぬか」

火事といった様子ではない。気怠さから少しぞんざいに言うと、深雪はぽつりと返した。

「お客様です」

深雪はあまり見せない表情をしている。僅かに緊張しているものの、喜色を抑えられずにいる。そのような表現が最も相応しい。

源吾は身を起こして外の様子を窺う。気配は感じるものの、誰だか知れぬ客は物音一つ立てず待っているようである。

「誰だ？」

「武蔵さんです」

聞くや否や、源吾は掛布団を撥ね除けて立ち上がった。幸い寝間着にも着替えぬままである。このまま出ることも出来よう。しかし深雪は衣服を指でぴんと弾いた後、今度は鼻を摘む仕草をした。汗と木材の燻された臭いが混じり臭う。このまま出ては非礼に当たらぬかと言いたいのだろう。

「いいさ」

短く言うと、上目遣いで見つめる深雪は、少しむっとしたような顔になった。気心の知れた左門相手でも、この形(なり)ならば身を清めるだろう。武蔵を町人と侮(あなど)ってのことと勘違いさせたようだ。どのようなことでも理解してくれる深雪でも、まだ解らぬことがあったかと口元が緩む。

「この臭いは付き物よ。火消ならば知っている」

源吾は言い残すと、武蔵が待たされているという部屋の襖を開けた。

「よう」

出来るだけ気さくに話しかけたつもりだが、脚を折り畳んだ武蔵は頭を下げた。

「らしくねえ。脚を崩せよ。俺とお前の……」

言うのを遮り、武蔵がぴしゃりと言った。

「今は一手の頭。ただそれだけの関係です」

「そうだな……」

このようにすれば昔のように戻れるのではないか。どこかで淡い期待を持っていた己を恥じつつ腰を下ろした。

「身動きが取れずにいたところ、お助け頂き、まことにありがとうございました。万組の頭として、新庄藩火消頭取、松永源吾様に御礼を申し上げます」

武蔵の謝辞の言葉が胸に刺さった。

——もう大人なのだ。

そのようなことが頭に浮かんだ。子どもの頃、若い頃はいくら気心が知れた仲でも度々喧嘩もする。しかし腹を割って話せばすぐに想いも通い合った。もっと言えば、一晩眠るだけで互いにけろっとしていることなど多々あった。

喧嘩するにも気力と体力がいるからか、はたまた折り合いをつけて生きることが癖づくからか、年を経れば余程のことがないと衝突することもない。それと同時に一度そうなってしまうと、簡単に修復することも出来ない。背負っているものが多くなるにつれ、人は小賢(こざか)しくもなっていくのだろう。

「俺は……俺たちは府下のどこであろうとも駆けつける。そう決めているだけさ」

煙草盆を引き寄せながらすでに後悔している。袂(たもと)を分かってより八年、このような時がもし訪れたらと、布団の中で練習してきたではないか。その練習の成果は微塵も出ていない。

「松永様、よろしいですか。二つほどお聞きしたいことがあります」

武蔵のせっかちな性格は変わっていないらしい。このように先に要件の数を告げるのも、あの日のままであった。

「ああ。何だ」

「太鼓や鐘を打たぬ火消は、皆脅されていたとか」

「何故そう思う」

「全ての火消の中で噂になっております。故に火消は役目に励めば、次は自分の身内が害される。そう考えて、まだ脅されてもいねえのに、縮み上がってやがる」

感情が抑えきれぬか、武蔵の口調も常のものに戻りつつあった。ここまで広がっているならば隠す必要もあるまい。

以前、源吾が火付けの下手人であると流言が飛んだ時も、あっと言う間のことであった。一橋はこの手の術数に長けていると考えられる。もしやすると、意図的に噂を流し、このように火消を萎縮させることこそ一橋の狙いかもしれぬ。

「まんまと嵌まってしまっているな」

「下手人は当初、火消の『当然』を知らなかった。しかし、だからこそ火消が知らず知らずに呑み込んでいる『矛盾』も見えたのだろう」

「もしあんただったらどうする?」

いよいよ武蔵の口調は昔に戻っている。しかしそれだけである。二人の間にある目に見えぬ壁は、些かも崩れてはいないように思えた。

「さて……どうするか」

威勢のいいことを言うのは簡単である。しかし深雪が攫われたならば、果たして己は太鼓を打つことが出来るか。正直なところ答えは出せなかった。

「火消は身内が最後。他人と我が子が同時に煙に巻かれても、他人を助けるのが筋。そう俺に教えたのはあんただった」

「それが火消の心構えってもんさ。綺麗ごとかもしれねえが」

「綺麗ごとか……もう一つの問いは投げかけるまでもなさそうだ」

武蔵は無念そうに唸り、暫しの間無言の時が続いた。それを見計らっていたのか、深雪は一声掛けて襖を開けた。

「お酒を用意しますので、それまでこれで……」

茶であろうか。盆に載せられた二つの湯呑みからは湯気が立っている。

「深雪さん、突然申し訳ないですね。もう帰りますよ」

武蔵は深雪とも顔見知りである。源吾に対してのものと異なり、深雪に向けた言葉は丸みを帯びていた。こちらこそ真の武蔵であることを知っている。

「久しぶりなのですから、ごゆっくりしていってください」

二人の間に流れる気まずさを感じているのか、深雪も探り探りといった様子である。

「俺はね、二人が一緒になったことを聞いて喜んだものさ。それだけは嘘じゃねえ」

今日初めて武蔵は笑った。笑うと八重歯が覗き見える。

「ありがとうございます。武蔵さん、御内儀様は？」

「いねえよ。守るべき人はいねえ」

意味ありげに言う武蔵の目は笑っていなかった。武蔵は深雪と二、三世間話をした後、天井を見上げて深く息を吸い、そしてゆっくり吐き出すとこちらを見据えた。

「やはり聞こう。あの日……俺を助けたのはあんたか？」

源吾は目を逸らさなかった。それでも深雪が熱い視線を送っているのを感じた。武蔵は間を嫌うかのように立て続けに話した。

「目が覚めた時、俺は床の中だった。助けてくれたのは当時の頭だと聞いた。それを疑っちゃ罰が当たると思い、誰にも聞かなかった。だがあの日燃え盛る炎の中で……」

最後まで言わせまいと源吾は口を挟む。

「そうだといいんだがな。お前を助けたのは万組の頭だ。俺は太鼓も打たず、呑んだくれていた。それが事実だ」

「そうか。邪魔したな」

武蔵は盆の上から湯呑みを取り一気に飲み干すと、腰を浮かせた。

「ご馳走さま」

武蔵は深雪に優しく礼を言うと、そのまま家を飛び出していった。

源吾は刻みを詰めた煙管に火を付けるでもなく、弄(もてあそ)ぶ。深雪も動こうとはしなかった。

「武蔵さん、泣いておられました。なぜ本当のことを語らないのですか」

「俺が打てなかったのは事実。そう言っただろう」

「でもそれは私のせいで――」

「お主のせいではない。たとえそうだとしても、火消は死んでも太鼓を打たなければならねえ」

今更あの時助けたのは俺だったと言って何になる。だから打てなかったことを許せと薄ら笑いを浮かべるのか。あの時壊れた脚を引きずって武蔵を助けたのは、せめてもの償いに過ぎない。病床にあって動けなかった深雪の父、月元右膳を含め三人も亡くなっているのだ。それはどうあがいても変わらぬ事実である。

「男は馬鹿ですね……」

湯呑みから小さな水音が聞こえた。深雪の目から零れた滴であろう。それさえも聞き逃さぬ己の耳を、このような時は疎ましく思う。

ようやく熾った炭を火箸で持ち上げると、煙管に近づけた。

「男は馬鹿だが……中でも火消が大馬鹿なのさ」

煙を口で遊ばせて、ほうと吹き出した。美しく円を描いた煙が天に昇ってゆき、やがて形を留められずに宙に溶けていった。

翌日も今までが嘘であったかのように小火一つ起きなかった。あれほど立て続けに仕掛けてきたのだ。敵の「仕込み」が尽きたのかもしれない。

だが、それよりも大きな要因はやはり雨であろう。あと二、三日は降ったり止んだりが続く長雨になるだろう。星十郎はそう見立てた。

此度の手口の真に恐ろしいところは、いかに火の付け方が杜撰であろうとも、火消が右往左往しているうちに立派な火事に育つところにある。

それでも相変わらず火を付ける方法そのものは稚拙なもので、風も読まれておらず広がりも極めて遅い。雨など降ろうものならば必ず不発に陥るだろう。

熟練の火消はそのことに気付いており、長雨という小康を得ている間に行動を起こす。昨日、武蔵が突然訪ねてきたのもそのような理由からであろう。

ここの所出動続きで道具を労わる間も無かったため、新庄藩火消は教練場に併設された講堂に集まって整備を行っていた。

「もうがたが来てやがるな」

彦弥が竜吐水の中に頭を突っ込みながら言った。六右衛門が何とか予算を割いてくれたため、衣装のほかに鳶口や梯子などの小物は新調出来たものの、高価な竜吐水などは修復して使わざるを得ない。

「御家老に申し上げて、新調してもらいましょうか」

そう言う寅次郎に、源吾は首を横に振った。

「国元に行って判ったことだが、当家は今本当に苦しい。御家老はそれでも我らのために金を絞り出してくれた。出来る限り修理して遣り繰りせねばならん」

珍しく武士らしい口調で言ったものだから、配下の者も手を止めて背筋を伸ばした。困窮している国元の武士を思い描くと、自然とそのようになる。

「しかし御頭、いつまでもこのままでは持ちません」

聞かせては士気に関わると思ったか、星十郎が身を寄せて耳打ちした。皆の目の下には薄っすらと隈が浮かび、作業の途中に居眠りをする者もいる。この緊迫した日々に、星十郎自身も、本業の天文の仕事を放り出して詰めている。

「今の状況を譬えるならば、後詰めのない籠城。いずれこちらが疲弊して立ち枯れます」

星十郎はこちらの返答も待たず付け加えた。このような時、この聡明な男は何かしらの腹案を持っていることを知っている。

「何か思いついたか」

源吾は腕組みをしながら皆から離れて訊いた。

「上、中、下。三つの策があります」

大陸の兵法家が使いそうな言い回しで星十郎は答えた。

「真ん中からいこうか」

「何故、やつらは太鼓を打っていないか、火消を繰り出していないか判るのか。それは偏(ひとえ)に近くに潜んでいるからに他なりません」

「離れたところで太鼓の音を聞いているのかもしれないぜ？」

星十郎は赤茶けた前髪を弄(いじ)りながら首を振った。

「御茶ノ水の火事覚えてなさるか」

「なるほど……」

御茶ノ水定火消は太鼓を打たなかった。それを見かねた加賀鳶が独断で太鼓を打った。それなのに人質は無事に帰って来ている。つまり、狙った火消が鳴らさなかったと判っているのだ。離れていてはどこから音が鳴っているのか判別がつかない。ということは、敵は近くに身を潜めて監視しているということになる。

「これを見つけて尾行し、敵の塒(ねぐら)を見つける。もっとも、確実に見つけられる訳でもなく、塒は複数あるかもしれません」

「上策は？」

星十郎は瞑目して考えこんでいたが、意を決したように口を開いた。

「我々の身内を攫わせます」

源吾の怒気を察知して、星十郎は掌を向けて続けた。

「新庄藩火消全員の一族にこのことを言い含め、常にこれを身に付けさせせます」

星十郎は残る手を懐に入れ、小さな袋を取り出した。中を改めると様々な色に染められた米が詰まっていた。

「これは……」

「かつて戦乱の世、忍びが使ったもので五色米というもの。これを少しずつ落とすのです。案外このような古典的なものこそ成功します」

星十郎は己の推理を語った。攫われた者をどのように運搬しているのか。そう上手く気絶させているとは到底思えず、恐らく刃を当てて脅し、縛り上げるのが関の山である。その上で人目を避けるため駕籠などに押しこんでいるのではないか。縛るならばどこを縛る。躰、足首、手首、猿轡など。指先を縛るなど聞いたことがない。躰のあちこちにこの五色米を仕込ませておけば、必ずや手に取ることが出来る。それを撒かせて追跡するというのだ。

「危険過ぎる。駄目だ」

一蹴したが、星十郎は退かなかった。

「このままでは決して終わることはありません」

誰かを危険に晒すなど、真の意味での「上策」でないことは、星十郎も重々承知しているのだ。しかし、このまま手を拱（こまね）いていては、さらに多くの人が死ぬことを危惧しての苦肉の策である。

「お前が正しいかもしれん。しかし火消が人を数で捉えたら、火消では無くなる」

「そう仰ると思っていました……」

星十郎の肩からみるみる力が抜けていった。

「下策は……」

「ただ敵の綻（ほころ）びを待ち、耐える。策とも呼べぬものです」

「中策を試す。火盗は勿論、協力してくれる火消がいないか当たろう」

二人きりの密談が終わろうとした時、配下の者たちが騒めき出した。皆の視線が教練場の戸口に注がれているが、源吾からは死角になって見えなかった。

「どうした⁉」

皆が固まる中、いち早く動いたのは彦弥である。戸口に向かって走っていく。

やがて彦弥に付き添われて視野に飛び込んで来た者は、牙八であった。顔が腫れており、唇は切れている。頬にも痛々しい青痣（あおあざ）があった。

「松永……」

一段高いところにいる源吾に対し、牙八は呼びかけた。慌てて降りようとした時、牙八は突っ伏して地に頭を擦り付けた。新庄藩火消に対して敵愾心（てきがいしん）を持つ牙八が、米搗き飛蝗（こめつきばった）のような真似をするとは何故か。

「それが勘九郎にやられたという傷か。早く頭を上げろ」

「恥を承知で言う……どうか助けてくれ」

牙八は教練場に響き渡る声で叫ぶと、思い切り額を叩きつけた。水溜りから飛沫が飛び、雨と混じって牙八の頭上に降り注いだ。

「やはり身内が攫われたのか」

「俺には身内はいねえ……」

寅次郎も外に出て牙八の元へと寄り添った。

「では誰だ」

源吾が問うと、牙八は傷から血が溢れるほど唇を噛み締めた。

「大頭のご息女、お琳様だ……」

その場の全員が凍り付いた。公開訓練に乗り込んできて一悶着あったため、皆がその存在を知っている。

「今は小康を得ているが、雨が止めばまた始まる。次の火事がどこであろうと……大頭は太鼓を打ち、火消を出すつもりだ」

「娘を見殺しにするつもりか……」

あまりの衝撃に一様に息を呑み、しとしとと降る雨音だけが聞こえてくる。

「最初は反対した組頭たちも、その覚悟を見て従うことを決めた。が……俺はただ一人最後まで反対し続け、加賀鳶を追い出された。悔しいが、あんたに頼るほかねえ……」

「しかし牙八さんが止めても聞かないのでは、私たちが説得しても……」

星十郎の言う通りである。ただ、牙八が頼ると言っているのはそれではないだろう。源吾は縁側から降りて牙八に近づくと、拳で肩を小突いた。

「加賀鳶が出るより早く、俺たちで消してくれ。そういうことか」

「頼む……」

牙八は泥に塗れた右手で顔を覆った。頰を濡らすのは雨か、はたまた涙か。牙八の肩は小刻みに震えていた。

三

行くあても無く、帰る所も無いというので、源吾は牙八を自宅に連れて帰り、当面の間住まわせることにした。

事情を説明すると深雪は嫌な顔一つせず迎え入れてくれ、躰を清めるようにと急いで湯を沸かしてくれた。泥塗れの着物を洗濯するからと、深雪が替えの着物を差し出すと、牙八は言われるがまま袖を通した。

「少し大きゅうございますね。失礼致します……」

深雪はそう言って裾に待ち針を打ち、続いて背後に回ろうとした。

「厄介になるんだ。そのようなこと――」

「動かない！」

深雪がぴしゃりと言うと、牙八は慌てて両腕を広げた案山子のような姿へ戻った。

「これでよし。ではこちらにお着替えください。当座の間は我慢してくださいね」

今採寸したものよりも古い別の着物を差し出す。牙八は借りてきた猫のように大人しく従っている。深雪は着物をさっと畳んで行李(こうり)へ入れると、台所へと引っ込んでいった。

「何というか……出来た女だな」

「あれでお前とそう歳も変わらねえはずだ」

牙八は些か驚いたような素振りを見せて腰を下ろした。

「初めてお前を羨ましく思った」

「あいつに直に言ってやれ。ただになる」

言葉の意味が解らないのだろう。牙八は怪訝そうに眉を寄せた。

牙八には妻もいなければ子もいない。他に身寄りもいないということは知っていたが、追い出されたとはいえ、いい大人が帰る家も無いとはどういうことかと疑問を持った。

「俺の身分は大音家の家人。いわゆる陪々臣ってやつさ」

十歳で両親を亡くした後、牙八は大音家に引き取られて育(はぐく)まれた。表向きには中間として雇い入れられたが、将来加賀鳶を担う一手の頭になるよう、組の訓練が終わり、家に帰った後も、勘九郎から火消のいろはを叩きこまれた。

「大頭から課される訓練は厳しくてよ……何度吐いちまったことか」

大きすぎるからか袷の胸元が開いて来る。それを閉じながら牙八は続けた。

跳躍力に優れた訳でも無ければ、人並み外れた膂力がある訳でも無い。勿論学も無い牙八であったが、人より大きく優れたものがあった。人の倍の訓練を積んできた牙八は、十里を走り通しても息も乱れぬ驚異的な体力と、どれほど辛くとも投げ出さぬ精神力が身に付いていた。

「それに見合った得物が鋸ってのは皮肉なものさ」

牙八や母が気を失うほど殴打した下劣な父であったらしいが、腕だけは一等良い大工であった。そのことを言っているのであろう。

「お琳様が生まれたのは、俺が十五の頃だ。大頭は忙しいから、俺もたんと世話を焼いた」

早くに母を病で失ったお琳は、大音家の者で丹誠を込めて育んだ。そして数多くいる家人の中で、牙八にもっとも懐いてくれた。

「牙八が本当の兄上だったらいいのに」
五、六歳の頃であったろうか。ある日お琳がそのように言ってくれた時、牙八はその場で膝を折って俯いた。

「勿体ねえ……勿体ねえです」

そう何度も繰り返すのが精一杯で、いつまでも顔を上げられなかったという。

強がってはいるが子どもである。勘九郎とまともに話せる時間も少なく、お琳はいつも寂しそうであった。そんな時、牙八は父上がいかに優れた火消で、どれほど多くの人々が頼りにしているかを滔々と語った。その手柄話の数々にお琳も目を輝かせ、次第に自ら新しい話は無いかとせがむようになった。

「牙八の手柄話はないの？」

「俺はまだまだ仔犬です」

「今度は牙八の話が聞きたい」

思えばその一言が始まりだったように思う。牙八はそう振り返った。

そこからより一層励むようになり、来る日も来る日も訓練に明け暮れた。そしてようやく加賀鳶の八番組頭の地位を射止めたのである。

「お前が何故そこまでお琳を想うのかは解った。で、いつお琳は攫われた」

「はきとはしねえが、一昨日のことだ」

お琳がいなくなったと思われるのは、一昨日の昼のことであった。思われるとしか言えないのは、夕刻に大音家の下男が脅迫状を見つけるまで、誰も気付かなかったからである。

勘九郎は早くに妻を亡くしており、お琳のことは家臣に任せきりになっている。勘九郎は日中には藩邸で火消頭取としての雑務を行い、一度火事が起これば昼夜関係なく自ら出動する。三日に一度の非番の日も、藩邸に顔を出して書類に目を通したり、外に出て町割りの変化を見て回ったりしており、家に帰れぬことも儘(まま)あった。

お琳に実の兄のように慕われている牙八も、今や加賀鳶の先鋒を任されるほどの重役を担っている。もう昔のように甲斐甲斐しく面倒を見ることも出来なくなっていた。

そのようになってからというもの、お琳は家の者に何も告げず、ふらっと町場に消えることもあった。そのことは真っ先に牙八の耳に入り、その度に諭(さと)すように叱る。お琳は素直に詫びるものの、頑として聞こうとはしない。近頃は火消の身内を狙った拐しが頻発しており、一人歩きは危ないと制するのだが、お琳は、

「一人じゃなければ、誰がいるの？」

と哀しげに言う。そう言われれば、牙八はもう何も返す言葉がなかった。心配をかけたくないから父上には言わないで欲しいと懇願するお琳に絆(ほだ)されて、勘九

郎には告げず仕舞いになっていた。

「俺が大頭に相談していれば、こんなことにならなかったかもしれねえ……」

牙八は胡坐を掻いて突き出た己の膝を強く叩いた。

「落ち着け。僅かだがまだ時はある。お前も分かっているだろう?」

「ああ……この長雨が止んだ時、奴らは動く」

やはり牙八も気付いていたようである。七日連続の火付けも、ぼろ鳶と加賀鳶に見事防がれた敵は、その一翼を捥ぎ取るためにお琳を攫った。ここから導かれる結果は、次こそ全力を尽くして事を決しに来るということである。

「うちのが言うには、二、三日後には再び目が眩むほどの晴天が広がるそうだ。明日、勘九郎に会い、次は俺たちだけで消すことを呑ませる」

「聞いてくだされぱいいが……」

藁にも縋る思いなのだろう。牙八は止めようとはしなかった。

——厳しい戦になるな。

府下の火消が総じて腑抜けている今、己たちだけで立ち向かわねばならない。かなり苦しい戦いになることは明白で、口には出せぬが不安が押し寄せてきた。

「まあ、何故勝手口から……」

台所から深雪の声が聞こえて来る。主だった配下に頃合いを見計らって集まるように言っていた。落ち込んでばかりもいられぬと、牙八を励ますためにも一席設けることにしたのである。それで深雪も火急で支度をしてくれている。

「あ、勝手口から来られたのはそういうことですか。家に籠ってなくてはいけないのでは？」

「明後日には謹慎も解けます。前祝いですよ」

深雪に咎められた声の主は軽快な調子で返した。

「明後日、でしょう？　今日はお帰りくださいまし」

「勘弁してくださいよ」

そう言ってへこたれずに上がり込み、真っ先に居間の襖を開けたのは声の主、新之助であった。

「あ。お久しぶりです」

「謹慎の話、まことであろうな」

牙八の手前、重く厳しい声で問い質したが、新之助は破顔したままであった。

「今日ね、詮議の上、疑惑が晴れたと上屋敷にお達しがありました」

新之助は腰の刀を抜いて、早くも囲炉裏の側へと座った。

「よう、馬鹿犬。陰気な顔しやがって」

彦弥はわざとらしい舌打ちを放った。

「女の尻ばっかり追い回しているお前は陽気だろうよ」

「違いねえ」

彦弥が認めてしまってからからと笑うものだから、牙八は意表を衝かれて黙り込んだ。

「さて、今日はどんな鍋ですかね」

寅次郎は涎を拭う真似をしておどけてみせた。

「今日のものは手間が掛かっていますよ」

現れた深雪は直径二尺を超える鉄鍋を手にしていた。二人ならば必要ない大きさだが、このような集まりのため最近新たに買ったものである。

「長鰯の鍋ですか。珍しいですね」

鍋を覗き込みながら言う寅次郎に、新之助が胡乱な目を向ける。

「長鰯？　鱵では？」

それに答えたのは星十郎である。

「寅次郎さんは上方のご出身でしょう。江戸では鱵と呼ぶこの魚、上方では長鰯や鈴魚などと呼ぶのです」

「先生はそんな事までご存知とは」

と、からかいながら彦弥は星十郎の肩をぽんと叩いた。

「吸い物にするように、身を結び下味もつけてありますね」

新之助は案外食に詳しい。今でこそ本腰を入れて火消に打ち込んでいるが、それまでは通人ぶって非番の度にあちこち食べ歩いており、今でもたまの息抜きに美味いものを求めて町へ繰り出している。

深雪が淡々と解説するには、鱵は白身だが青魚のような旨味があり、何をするにも薄味のほうが美味いらしい。今回は素材の味を引き出すため、鰹出汁に酒、塩で味つけして、結び鱵に火を通す。そして別の鍋に新しい出汁を張り、温まったところで芹などの野菜と共に移して仕上げていた。

「ああ、今日は相当に高そうだなあ……」

新之助が哀しそうに呟くものだから、牙八はいよいよ意味が解らず左右を見た。一旦台所に戻っていた深雪がお櫃を手に戻ってくる。

「今日の旦那様は火消云々ではなく、私人として力になろうとしているだけ。ただです」

「さすが俺の妻だ。よく解っている」

頬が一気に緩んだ。思えば暫くこのように笑っていなかった。この異常とも言える仕来り(しきたり)は、すっかり日常に溶け込んでいる。しかも日常を喚起させる切っ掛けにさえなっているから笑えてくる。

「星十郎さんは先のお土産の御礼がまだ残っています。御馳走致しますね」

「ありがとうございます」

星十郎は頭を下げながら、狡(ずる)いと連呼する新之助に向けて得意顔を作って見せた。このような茶目っ気も、出逢った頃の星十郎には無かった。

この辺りになって、ようやく牙八もこれが何であるのか理解したようで、呆気に取られて成り行きを見守っている。ここで彦弥が大きく動く。

「いや、俺は銭を出してもいい」

「え？」

深雪と新之助の言葉が重なった。

「最近の姐さんの料理は、そんじょそこらの料亭で出てもおかしくねえ。最近また美しくなったのに、料理の腕まで上げるとは御見それ致しやした。なあ、寅？」

彦弥が出した助け舟を、寅次郎はむんずと摑まえて乗り込んだ。

「国元から呼んだおっ母も、嫁御を貰うなら深雪様のような御方がええと、口が酸うなるほど申しております」

お櫃を置いた深雪は、口に手を当ててころころと笑った。

「さすが寅次郎さんのお母様。彦弥さんも口がお上手」

「いやいや、本当のことでさ」

「お二人とも、お足を気にせず、たんと食べてくださいね」

彦弥は悟られぬように寅次郎の背を叩いて不敵に笑った。残された新之助も負けじと修辞を並べ立てた。

「私も思っていたのです。最近の奥方は立ち姿からして違う。そう、この鱵のようにすらりとされておられます」

衆の中で深雪と星十郎、二人だけがぴくりと肩を動かした。

「私が鱵のようだと？」

「はい！　白い肌といい、背筋がぴんと伸びたところといい、瓜二つです！」

深雪は一転して冷たい目つきになり新之助を見ている。

「あれ……何かまずいことを言いましたか？」

星十郎は額に手を添えて俯くと溜息をついた。

「鱇は腹の中が真っ黒な魚です……」

「あ」

新之助の顔が硬直し、恐る恐る深雪の顔色を窺った。

「さすが食に詳しい鳥越様。お上手なたとえでございますこと」

「忘れていただけです……申し訳ございません！」

手を合わせて拝み倒すが、新之助を意に介さず、深雪はせっせと支度を進めていく。

「俺は……」

気を使ったのか牙八も何か言おうとしたが、深雪は歯切れよく遮った。

「気になさらないでください」

「こんなやり取りしていたら、気にもなるでしょうよ……」

「何か？」

ぼそりと恨み節を言う新之助であったが、たった一言で一蹴されて黙り込んだ。

「新庄藩の者でもない俺こそ、ただで世話になる訳にはいきません」

牙八は身を乗り出して思いを吐き出した。

「一度引き受けたのです。たとえ何年の逗留になろうとも、当家でお守り致します」

深雪は凛と言い放った後、朗らかな笑みを残し、食器を取りに再び台所へ消えた。牙八は乗り出したまま、雷に打たれたように固まっている。

「いい女だろう?」

源吾はそう言いながら、煮え立った鍋の蓋を取った。

「ああ……出来た人だ」

牙八は未だ躰を動かせず、頬にはほんのり赤みが差している。それを横目で見ていた源吾の唇から息が漏れた。

四

翌日も小雨が続く中、来る時に備えて新庄藩は着々と準備を進めた。

明日には正式に新之助の謹慎が解ける。少しでも戦力が欲しい今、新之助の復帰は唯一の朗報である。本人が思っている以上に、火消としての腕は上がっており、補佐役としては十分の域にあった。

田沼は大火の責を一身に背負い、それは影響力の低下を招いた。現在では復興に向けての手腕を再評価する動きはあるものの、未だ完全に威勢を取り戻してはいない。新之助の放免が鶴の一声といかなかったのが良い証拠である。

牙八はただ飯を食らうのは申し訳ないと、共に教練場に顔を出し、水漏れのある竜吐水の修理を買って出た。

「底栓が摩耗しているんだ。板切れはねえか？」

一見粗野に見える牙八であるが、実に手先が器用で、板切れに鋸を入れて瞬く間に新しい栓を切り出した。出来上がったそれは、測りもしていないのに寸分違わずぴたりと嵌まるから驚きである。

「上手いものだ」

源吾が褒めると、牙八は複雑な表情になった。

「血……なのかね」

牙八はそう言いながら、今度は砂利除けの網を手際よく張り替えていく。

「お前も行くか？」

このあと加賀藩邸中屋敷を訪ねる予定である。

「俺はお琳様を救う。今はそれだけを考える」

牙八の勘九郎への想いは些かも揺らいではいない。だからこそ、誰もが従っても自分は従ってはならぬこともある。これが牙八の忠義の形なのだ。

源吾は湿った町を一人行く。傘は差していない。小雨だからというのではなく、これが豪雨であっても同じである。咄嗟の対応に遅れが出るため、元来武士は傘を差さず、もっぱら菅笠を被るものと決まっている。もっとも近頃ではそれを遵守する者も減ってはきているが、源吾のような最末端であろうとも三河武士には今なお菅笠で通す者が多い。長年火消と共に過ごす中で、口調も振る舞いも町人のようになっている源吾でも、これだけは守り続けている、唯一といってもいい武士らしい習慣である。

大藩である加賀藩は、一段格の落ちる中屋敷でも新庄藩の上屋敷よりも広大かつ立派なものであった。昨年の大火で半焼したにもかかわらず、すっかり修復が済んでその痕跡は見受けられなかった。

「戸沢孝次郎家中、火消組頭取松永源吾でござる」

事前に訪問を報せてあるため、門番に名乗ると、すぐさま取次ぎの侍が現れて中へと通された。客間に通されるものと思いきや、案内されたのは勘九郎の書斎である。

取次ぎが許可を得て襖を開けると、勘九郎は文机に向かって筆を走らせているところであった。目配せして取次ぎを下がらせ、源吾は中へ足を踏み入れた。

「何用だ」

愛想無く言う勘九郎は、こちらを見ようともしなかった。

「牙八は今うちにいる」

「そうか」

やはり滑らかに手を動かし続けている。毛筆と紙の擦れる音が心地よかった。

「間もなく下手人は本腰を入れてくる」

「明日以降になるだろうな」

「お主も知っていたか……」

「当家も天文に力を入れておる」

天文の研究は諸家がこぞって行っている。中でも加賀藩は先進的な藩で、以前星十郎も意見交換のために呼ばれたことを思い出した。

「まことに出るつもりか」

「無論」

勘九郎は食い気味で返す。やはり手を止めようともしない。

「娘御は……お琳殿がどうなってもよいと言うのか」

「仕方あるまい」

頭に血が昇ってゆくのを感じた。もともと手柄のためならば非情な決断を下す勘九郎を好んではいなかった。昔、勘九郎が一人でいた時、燃え盛る二軒の家に人が取り残された局面に出くわしたことがあった。一方には父子二名、もう一方には親子三名、勘九郎は即座に後者の家に飛び込んで親子を救い出した。その時には残る一方は手遅れで、柱も梁も炭となり、火の粉を撒き散らして崩れ落ちた。

確かに正しいのかもしれない。それで一人多く救ったのだ。とはいえ、迷いも痛みも無く決断することが出来るものか。己ならば他に方法は無かったかと苦しみ続けるであろう。しかし勘九郎は、翌日からも何事も無かったかのように火を求めた。

「少しは変わったと思ったが……やはり血も涙もねえか」

「そのようなものはとうに捨てた。お主こそよくそれで火消が務まるものだ」

「お前の娘だろうが！」

我慢の限界を超えて遂に源吾は猛々(たけだけ)しく吠えた。諍いが起きたと思ったか、先ほどの取次ぎが慌てて戻って来る。ここで初めて勘九郎は僅かに振り返り、左手をひらりと払って見せた。取次ぎは心配げな顔つきで下がってゆく。

源吾は大きく深呼吸して気を落ち着かせ、声低く続けた。

「お琳殿は父のことを江戸一の火消と自慢していた……それがお琳殿の思い描く火消の姿か」

文鎮をどかして紙を取る。そして墨を乾かすため、畳の上に敷かれた布の上に移したところで初めて動きが止まった。

「貴様に何が解る……これがお琳の望む父の姿だ」

手の震えが伝わり、筆から墨が雫れ落ちる。それは文机の端をゆっくりと伝い落ちていくが、勘九郎は意に介さない。

「その文は……」

勘九郎の書いていた文に目を奪われた。宛先は大洲(おおす)藩加藤(かとう)家の火消頭に向けてのものである。よく見ればその脇にはすでに封のされた文が山積みになっていた。須坂(すざか)藩堀(ほり)家、仁正寺(にしょうじ)藩市橋(いちはし)家、杵築(きつき)藩能見(のうみ)家など外様、譜代にかかわらず十数家ある。

「まだ気骨の残っている頭が率いている家だ」

勘九郎は体勢を変えぬまま言った。源吾は羅列された文字を目で追った。

加賀藩は何があっても火に屈せぬ。いかなる事態が起きても火消を出す。恐れずに立ち上がって頂きたい。そのような内容が書かれている。

次の火事は加賀や新庄の一家や二家では止められぬ。昨年の再来に成りうると、勘九郎も察しがついている。故に他の火消を奮起させようとしているのだ。

「笑うがいい。覚悟を決め、すでにこの倍の文を送ったが、一通の返答も無い」

その声は寂しげであった。そしていくらか迷いも感じられた。勘九郎は決して特別ではない。他の親と同様、子が可愛くないはずないではないか。

「そうか……」

「今まで命の数を秤に掛けて救ってきた。娘だからとそれを枉げれば、今まで死んだ者にどうして顔向けできよう」

勘九郎は己に言い聞かせるように訥々と語った。長年火消をしていれば、そのような局面は必ず訪れる。源吾も救えなかった命は十を下らぬ。勘九郎の姿は火消として到達できる一つの究極に違いない。それに比べれば全ての命を諦めないなどとぬかす己は、青臭いと言われても仕方ない。それでも勘九郎の生き様の対局に、もう一つの火消の到達点があると信じていた。

「出るな。俺が止める」

勘九郎はもう何も答えなかった。書き溜めた文をじっと見つめていた。しかし、すっと手を離すと、新たな紙を取って文鎮を置いた。

火消は庶民の憧れの的である。だがその陰を誰一人として知らない。同じ火消だけがそれを痛いほど知るからこそ、これ以上掛ける言葉が浮かばなかった。憎らしげに硯に筆を撫でつける勘九郎の背は、火事場の堂々たるものと異なり、妙に老け込んで見えた。

第四章　二翼標的

一

驚き過ぎてもう何が来ても動じぬ。時にそのように言う人がいるが、それは嘘である。

数日という短い間に何度驚かされたことか。それでも源吾は一向に慣れることはなかった。背筋を芒（すすき）で撫でられたような寒気が走り、膝が折れそうになるのをやっとの思いで堪えた。遂に下手人の魔の手が新庄藩にも及んだのである。

加賀中屋敷から帰ると、教練場は騒然としており、源吾に気付くと配下が一斉に集まってきた。その中には左門の姿まである。

「これが上屋敷に投げ込まれた……」

左門は強張る顔で一通の文を差し出した。すでに中は検（あらた）めた形跡がある。源吾はそれを勢いよく開き、穴が空くほど隅々まで見た。

──鳥越家の息女は預かった。火事が起きても太鼓を打つな。いかなる地にも繰り出すな。約定を守るならば無事に帰すが、破りし時には命は無いと思え。

絵に描いたような脅迫状である。文面はこれまで想像してきたものとも差異は無かった。ただ得心出来ぬことがある。これまで身内の外歩きを控えさせ、どうしてもの時は護衛まで付けてきた。そして何より新之助には妻はおらず、当然ながら子もいない。また妹もおらず、親類の娘が同居しているなども聞いたことは無かった。母との二人暮らしのはずであった。まさかその母を捕まえて息女と間違うということも考えられない。

「新之助は⁉」

「今、呼びに行かせている」

左門はここに来る前に使いを出したらしく、間もなく到着するであろう。

「読んだか？」

横に侍(はべ)るように立つ星十郎に訊いた。

「はい。諳んじるほど」

「何か思うところは」

「いかなる地にも、とあります。敵は管轄を飛び越えていく我らと加賀鳶に、辟易としているようです」

加賀鳶という美しい一翼を取り去って事を起こすと思っていたが、敵は思った以上に用心深い。煤に塗れた残る翼もへし折るつもりでいる。

そうこう話しているうちに新之助が駆けつけてきた。

「まさかこの雨で火を付けるとは……」

ただ火急とだけ告げられて、内容を聞かされてはいないらしく、火事と勘違いして火消羽織に袖を通している。

「違う！　お主、妹は？」

意味が解らぬといった様子で首を捻る。さらに内容を詳しく聞かされても、新之助は鶏のように顔を突き出して困り果てていた。

「どういうことだ……」

皆が膝を突き合わせて考えるが答えは出ない。頭脳明晰な星十郎さえ判じかねるようで、何とか糸口を摑もうとしていた。

「息女という書き方……鳥越殿の娘、もしくは妹と勘違いしたのではないでしょうか。五歳から二十歳くらいの者と考えられます」

一人、跳ね飛ばされたように衆の輪から外れた者がいる。彦弥である。彦弥は血相を変えて戸口に向かって猛然と駆け出していく。

「どこへ行く！」

「確かめたいことがあるんだ！」

源吾の呼びかけにも振り返ることなく、彦弥は小雨降る町へ飛び出して行った。

「何か心当たりでもあるのでしょうか」

寅次郎は腕組みをして考え込んだ。非番の日など、寅次郎は彦弥と行動を共にしていることが多い。それでも思い当たる節はないらしい。

「一度帰って支度をしてもよろしいですか？」

新之助は頭を掻きながら顔色を窺ってきた。

「お前の家の者が攫われたのだろうが！」

「でも、息女なんていないんですよ？　そろそろ鳶丸が帰るこ――」

顔にさっと翳（かげ）が浮かび、新之助までが走り出そうとするのを、源吾は肩に手を掛けて引き止めた。

「思い当たることがあるんだな」

「毎日……お七ちゃんが鳶丸を散歩に……」

新之助が愛くるしい犬を飼い始めたと聞きつけ、お七は度々鳥越家を訪ねてきた。時に庭でじゃれ合い、時に二人で散歩に出掛けたりした。

しかし新之助が謹慎になったことで、無闇と来客に会うこともできない。心苦しいがお七にそのように告げた。

「じゃあ、私が毎日散歩に連れてってあげる。鳶丸も家の中ばかりじゃ退屈でしょう」

お七はお気に入りの鳶丸と遊びたい一心でそのようなことを申し出た。新之助としても堂々と歩けぬ身である。それでお七が喜んでくれるならと了承したという。

そこから数日、お七は昼過ぎに寺子屋が終わると鳥越宅に赴き、鳶丸を連れて半刻から一刻ほど歩いて回り、今日は他の子どもと一緒に遊んだ、明日は彦弥さんが非番だから見せに行くなどと、逼塞する新之助に土産話を聞かせてくれた。

「彦弥も知っているんだな」

「はい……」

となると彦弥の向かっている先はお七の家であろう。管轄内とはいえ戻るまで今少し時が掛かると思いきや、彦弥は四半刻も経たずして戻って来た。

「お七の母親も捜していたらしく、途中でばったり会いやした。帰ってねえと……」

母親は先に寺子屋にも尋ねたらしいが、そちらからはとっくに帰ったという。母親は肺を病んでおり躰が弱い。これ以上は俺たちに任せろと言い含めて戻らせたらしい。

「攫われたのはお七か……」

源吾の呟きに、星十郎は頷いて同調した。そんな二人の脇を、彦弥は肩をいからせてすり抜けていくと、いきなり新之助の胸ぐらを摑んで殴った。

「てめえ！　何巻き込んでやがんだ！」

唾を飛ばして怒鳴る彦弥を、配下の者が羽交い締めにする。

「申し訳ございません……」

俯いて立ち尽くす新之助の唇からは一筋の血が流れていた。それでも彦弥の怒りは収まらず、手を振り払って向かおうとする。源吾は慌てて止めようとするが、それよりも早く寅次郎の丸太のような腕が間に入った。

「よい加減、頭に血が昇る癖を直せ。今は責めるのではなくどうすべきかを話す時だ」

　彦弥は唾を地に吐き捨てて暴れるのを止めた。

「寅の言う通りだ。これからのことを考えねばならねえ」

　源吾がさらに重ねると、彦弥の熱もようやく冷めてきた。

「悪かったよ……」

　彦弥は詫びたが、新之助は何も言わずに首を振るのみであった。

　その時、源吾の目に落胆する牙八の姿が飛び込んで来た。

「新庄藩が出られねえなら、いよいよ大頭を止められねえ……」

　牙八は新庄藩に事を託し、一縷の望みを掛けて、再度勘九郎を制止しようとしていた。その望みも断たれたと、牙八は二、三歩よろめいて天を仰いだ。雨が鼻に当たって跳ね、頰に当たって零れる。その姿は飼い主を焦がれる捨て犬のようであった。

　新庄藩火消も雨を忘れて立ち尽くす。こちらも人以外に譬えるならば、肩を寄せ合って雨に震える七郎鼠に似ていた。源吾の口がゆっくり開き、顎から雫が滴り落ちる。

「まだ……奴らを止める」

「御頭ぁ！」

彦弥の目に再び怒りの炎が宿る。源吾も目を逸らさずに受けて立つ。

「江戸は焼かせねえ。お琳も、お七も救う」

源吾の宣言に皆が息を呑んだ。

「そんなこと……」

「誰も出来なかったんですぜ」

どのような時も決して諦めなかった新庄藩火消も、口々に弱気な言葉を零す。

「はいそうですかって諦められるほど、人の命ってのは軽いものか？　最後まで
とことん足掻いて何が悪い。もし……本当に誰かを見捨てなきゃならねえ時が来
れば、他の誰でもなくそれは俺が命じる。その時は、俺も死ぬ覚悟だ」

「無謀だな。ならばまた私も腹を懸けねばならん」

源吾が言い終わるや否や、口を挟んだのは左門であった。

「俺なんかのために何度も……安い腹だ」

「惚れた男の命に張る。これのどこが安い」

この温厚な男のどこにその情熱が眠っているのか。左門は声高らかに叫んだ。

「先代の頃、大きな飢饉に見舞われ、国元では数千の民が死んだ」

こめかみに青筋を立てて吠える左門を、新庄藩火消は固唾を呑んで見守った。

「誰のせいでもない……それでも残された者は天を怨んだ。此度は天災ではなく、人災である。どうして赦せようか！」

左門は一転して穏やかな顔つきになり、源吾に微笑みかけた。そして主役の登場を促す前座のように、手を宙に滑らせた。

「無謀と嗤うなら嗤え。前も言ったよな？　俺はそこまで人が出来ちゃいねえのさ。ぼろ鳶の諦めの悪さを見せてやろうぜ」

静かに、低く、それでいて芯の通った声が周囲に染み渡っていく。ずぶ濡れの鳶たちの目に闘志が宿り、銘々力強く頷いた。口々に内容の無い気合いを発して互いの肩を叩き合う。

皆が心を奮い立たせる中、ただ一人、新之助だけが無表情に項垂れたまま、首に冷たい雨を浴び続けていた。

二

すぐ様、源吾の宅に皆が集まった。敵が事を起こすのは恐らく明日以降。残された時は一両日もない。

明日には雨も止むと断言した星十郎であるが、さすがに刻限までは、その日の雲の流れを見ねば判らないらしい。

夕刻まで降れば町が乾くのを待ってさらに先になるかも知れぬし、昼に止んでしまえば明日の夜に決起する可能性もある。詰まるところ、その時が近いことは判っても、いつになるかも判らず、常に気を張って待っていなければならない。

すでに子の刻に近づいている。このような深夜からになったのは、星十郎が少しの間状況を整理し、その上で策を立てたいと申し出たからである。

皆の顔が煌々と照らされている。普段は安価な行燈が精一杯であるが、地図なども使うと思い、左門が主家より大量の蠟燭を用立ててくれた。

「今、考え得ることから策を立てました」

星十郎は耳の上の毛をなぞった後、重い口を開いた。

「まず、二つのことを同時に為さねばなりません。火付けに備えること。そして攫われた二人の居場所を突き止めることです」

早速、疑問が持ち上がってきた。中屋敷から出れば、人質の二人は危害を受ける。この時点で終わりではないか。

「折下様、皆様は上屋敷から移って頂けたでしょうか？」

尋ねられた左門は、指を折りながら話す。

「先ほど上屋敷から同輩の御城使、小姓、中間に至るまで四十名に移ってもらった。説得するのに手間取ったが……御家老でもそうなさると言い切ってやったわ」

「これで中屋敷の火消以外の侍と合わせて百余名。彼らに火消半纏を着てもらい、教練場に留まって頂く」

「なるほど。偽火消を置いて目を眩ませるのか」

彦弥は感心して手を打ったが、源吾は険しい顔で問い詰めた。

「しかし、いくら平装とはいえ、火事が起きて人の出入りがあれば気付かれる」

「明朝より少しずつ出て、それより後はもう戻れません。町に潜伏するのです。百名を江戸の四方八方に散らし、そう遠くないその時を待つ。そして事あれば示し合わせた地に集結します」

目から鱗(うろこ)が落ちるようである。潜伏して火を付ける相手に対し、こちらも潜伏して待ち受けるなど誰が考え付こう。しかしそれに寅次郎が苦言を呈した。

「平装で火消など出来たものじゃあない。配下を死なせる訳にはいきません」

非番の時に火事に遭遇し、寅次郎ら壊し手は平装のまま炎に立ち向かった。皆が漏れなく大小の火傷を負い、中でも寅次郎は床に臥せるほどであった。前回は運が良かっただけで、次も成功する保証などどこにもない。

「何も平装でなどとは申しておりません」

「しかし、御家老が新調してくれた衣装は人数分のみ。予備など……」

「あるではありませんか」

星十郎の示唆するところを察し、皆があっと声を上げた。

「あとは二人の居場所だけか……」

彦弥は拳を掌に打ちつけて歯を喰いしばった。やはり新之助の表情は暗い。事態が事態だから当然かも知れぬが、この場に来てから一言も発していない。

「この策が嵌まれば、乗り込まずとも二人は帰ってくるのでは……」

寅次郎は今日も帳面に議事録を取っており、それを捲りながら問うた。確かに偽の火消を教練場に残せば、約定を履行したと見てお七が、また牙八がこの策の内容を告げて勘九郎を止め得ればお琳が、それぞれ帰って来るのではないか。星十郎はまだ懸念があるらしく、髪を触るという熟考中の癖が強く出ている。

「それが……確実とも言えません。火事場を見ている者がいることもあり得る」

言われてみればそうである。何も屋敷だけを見張っているとはいえまい。

「そうなると、やはり先に二人を救わねばならねえか。府外じゃなければいいが」

星十郎はそれに関しては自信ありげに返した。

「人質を連れての江戸の出入りは困難。また人質はその日、遅くとも翌日に帰されています。間違いなく府内です。ただ、場所を特定するには手掛かりが少なすぎる」

ささやかな希望も、大勢を占める絶望にすぐに呑み込まれていく。皆が押し黙ったことで、場はさらに重い空気に包まれた。

「奴らにもそろそろ綻びが出る頃……考えるのが私の役目。諦めずに考えさせてください」

星十郎はその時のため、皆に英気を養うように告げて帰っていった。恐らく一睡もすることなく模索するつもりであろう。今の星十郎はそのような男である。

三

翌朝、雨は止んでいた。昼前になって名残惜しむかのように一雨あったが、それも長くは続かなかった。例年よりも早く来た梅雨に、これほど感謝したことは無かったが、いよいよ雨雲は消え去り、ここ数日が嘘のように町を暖かな陽が包み込んでいる。このままでは夕刻までに町もあらかた乾いてしまうだろう。

源吾は縁側に腰かけ、青葉から垂れる滴を見つめていた。すでに早朝から順々に鳶は町に溶け込んでいっている。源吾は、星十郎、牙八と共に最後に出る段取りになっている。

敵が動けば二、三日眠れぬかもしれない。星十郎の言う通り少しでも休まねば、ここぞという時に働けまい。しかし昨夜も安眠することは出来ず、今も深雪にたとえ半刻でもと、昼寝を促されてもとても眠れる気がしなかった。

「何か話すと言っていなかったか?」

股引に火熨斗を掛けている深雪に、源吾は背を向けたまま問うた。話があると聞いた時は怯えたものだが、今ふと気にかかったのだ。火事で窮地に陥った時、いつもああしておけば良かったという後悔が頭を過る。すでにそのような心地になっていた。

「落ち着いてからでいいですよ」

雨のせいで生乾きなのだろう。火熨斗を押し付ければ水が焦げる音がする。

「夕刻前には星十郎が来る。それまでに聞くと申しておる」

「忘れました。思い出したらまた申します」

深雪は火熨斗を終えたのか、布をはたはたと畳む音が聞こえた。

「牙八はまだ寝ているか」

「ええ……もう限界だったのでしょう。先ほども酷くうなされておられました」

この間、牙八は誰よりも不眠不休であった。今日も夜中に起きてお琳を捜すと言ったが、深雪が引き留めて懇々と説得した。牙八は母に叱られた子のように肩を落とし、渋々床についたという次第であった。

「話はなんだったのだ？」

「気になりますか？」

源吾は何も答えなかった。あまり気にしすぎているとも思われたくない。これがいかなる感情を元にしているのか己でも分からない。まこと男とは奇怪なものである。

「干し芋」

「へ？」

流れに不似合いな語彙の登場に、源吾は後ろに手を突いたまま振り返った。

「取っておいた私の干し芋、勝手に食べたでしょう？」

「食べた」

「それです。また買っておいてください」

「分かったよ」

「乾物商いの小谷屋のものですよ」

源吾は再び庭に目をやり、手を挙げて了承の意を伝えた。あちこちに出来た水溜りは、葉叢から零れる一条の光を受けて照り輝いている。

暫くすると、予定より早く星十郎が訪ねて来たので、庭に回るように言い、共に縁側に並んだ。

「無理か」

天の移り変わりと異なり、星十郎の表情はいつまでも重いのですぐに気が付いた。

「もし時々で塒を変えていれば、もう手の打ちようがありません」

「俺を説きにきたか」

図星だろう。星十郎は目を伏せた。

「大音殿が正しいように私は思います」

意を決したように直言した。星十郎の声は僅かに震えていた。

「だろうな」

星十郎ははっと顔を上げて見つめてくる。勘九郎は父であることよりも火消を優先した。皆その覚悟を持って火消になるものの、貫ける者は稀だということが今回のことで露呈した。

「ならば……我らも……」

「昔、お前は命の値は量れねえといったな」

「出逢った頃ですね……」

小諸屋の火事の時の星十郎の発言である。建物の値は量れても、それが命となると今の私たちでは量りかねる。そのような内容であった。

「いつか人は量れるようになるものか？」

たとえ百年、千年経とうがこればかりは叶わぬように思う。もしそれに無理矢理値を付ける者がいるとすれば、その時代時代の権力者の妄言であろう。量れぬからこそ迷い、最後の時が訪れるまで諦めてはならないと思うのだ。

「御頭！」

遠くで呼ぶ声が聞こえた。新之助、彦弥、寅次郎の声が入り混じっている。どれも慌て、縋るようなものである。人質捜しのほうに何か動きがあればと、一縷の望みに掛けて中心の者は際の際まで踏みとどまらせている。他にもまだ出ていない数名の鳶も一緒である。

二人は縁側から立ち上がり、深雪も何事かと聞き耳を立てている。

「牙八を起こせ」

そう命じて、起きたらこの庭に回すように指示した。新之助を先頭に七人、足場に残る水を跳ねさせて庭に現れた。なんと、新之助が両の腕に抱えているのは鳶丸ではないか。泥水に塗れて毛先が跳ね上がり、みすぼらしくなっているものの、怪我などはない。自身の見た目など気にもしないようで、舌をぺろりと出して小刻みに息を吐いている。

「先ほど鳶丸が戻ってきました……足にこれが」

一片の薄紅色の布である。これが足に結ばれていたらしい。広げると僅かであるが文字が書かれてあった。用いられているのは紅。同系色のため判りにくいが、筆ではなく指で引いたように見える。

「あいつが物欲しそうに見ていたから、俺が買ってやったものです」

彦弥は動悸が抑えられぬようで、胸に手を当てつつ言った。

「お七からか……」

源吾は受け取ると文字を食い入るように見た。

「お琳殿も同じ所に捕まっているのかもしれません」

星十郎が横から覗き込みながら言う。汚れてしまっているが、布は裂かれたようにほつれている。着物のどこか一部に思われるが、どちらにせよ庶民のお七が身に着けられる代物ではない。

「お琳様のものだ……」

はっとして振り返ると、覚束ない足取りで牙八が歩んでくる。

牙八が言うには、これは着物の裏地の八掛けであるらしい。お琳は紅花一斤で絹一疋を染めた「一斤染」をとても気に入っており、すべての八掛けに使っているという。

しかし文面を見ても源吾には皆目解らなかった。

「意味が解らねえ」

「なぜそう言い切れる」

——本半、芝一足、武言

布いっぱいに七字が収まっている。これ以上書こうと思えば、もっと大きな布を用いねばならず、鳶丸の動きも鈍くなり、敵に露見する可能性も高い。それ以上に大きな面を取れないのは、子どもの八掛けである証左ではなかろうか。

「綻びが出ました。地図と筆はありますか」

星十郎には早くも閃くものがあったらしい。源吾は毎年発刊される切絵図を買い、街並みに変化のあった地を特に念入りに調べている。深雪がそれを急いで運んできて縁側に広げた。皆額を合わせるようにして覗き込んだ。

「まず半と一、これは時を表しているものと思います」

いつも鷹揚に語る星十郎であるが、今回ばかりは早口になっている。源吾は身を乗り出して問い返した。

「なぜそう言い切れる」

「芝、これが一字で助かりました。これは我らの管轄である芝。つまり本は加賀鳶の本拠である本郷と符合します」

皆がなるほどと感嘆する。その中、いち早く深雪が口を開いた。

「本郷から半刻。芝から一刻。足の字は足らずと読むのでしょう」

「御明察です。半刻と四半刻ならば半四と書くはず。つまり半刻と四半刻以上、一刻未満の地ということ」

星十郎は筆を取ると、本郷を中心に小円、芝を中心に大円を描いた。

「この二つの円が交わるのは……馬喰町(ばくろちょう)と牛込」

「ならば、武言は……武士言葉」

深雪の推察は一々的確なようで、星十郎は嬉しそうに頷いた。

「駕籠で運ばれている途中、武士言葉を頻繁に耳にしたのでしょう。牛込は江戸有数の武士の町。こちらが本命かと」

源吾はそれを裏付ける理由を持っていた。

「馬喰町によそ者、それも火付けが潜伏出来るはずねえ」

この根拠には神算鬼謀の星十郎も首を捻り、才気煥発な女軍師も要領を得ない。

「に組の連中さ。奴らは全ての空き家を毎日見て回り、よそ者が来れば徹底的に聞き取りを行う。町火消が治めている町と言っても過言ではねえ」

「確かに……大火の時も誰かが密告したのか、すぐに宗助(そうすけ)さんが駆けつけましたしね」

新之助は記憶を手繰(たぐ)ってそう言った。

「お夏(なつ)の時もそうさ。駆けつけた時には武家火消の姿はなく、町火消が満ち溢れていた」

彦弥は首の火傷痕をそっと撫でた。彦弥が加わるきっかけの火事である。こればかりは忘れえないだろう。

「牛込だ」

源吾の言葉に一同が力強く頷いた。一陣の風が地図をめくり上げた。風が出始めている。天に僅かに残る雲は東へと流されていた。陽は間もなく空を平らげ、王者へと返り咲くことだろう。

源吾は即座に馬を曳くように命じると、用意されるまでの間、次々と指示を飛ばした。

四

このような急場において、源吾の頭は絶妙に冴え渡る。その指示の一々的確なことには、星十郎も舌を巻いた。このように肉体、精神問わず、ここぞという時に瞬発力を発揮する者こそ、火消に向いているのだろう。

まず星十郎を火付盗賊改方へ走らせた。平蔵が去った後、それまでとは比べられぬほど捜査に関しては凡庸に成り果てた火盗であるが、牛込という限られた範囲からならばさすがに調べ上げるだろう。また、火盗は武官であるため、闘争に優れている者が多く、いざ踏み込むとなれば奉行所よりはやはり心強い。そして経緯を理路整然と説明して出動させるには、星十郎の弁舌が必要であろう。

回されてきた馬は三頭。一頭には源吾と牙八、もう一頭には新之助と彦弥、貫目のある寅次郎は一人乗りである。寅次郎は近江の農村の出身であり、町人にしては珍しく馬に乗れる。市中で馬を乗りまわせる火消であるが、武士のみで、町人の騎乗は許されない。しかし火消頭巾を被せておけば見分けはつかねえと、源吾は頓着が無かった。

「辿り着いてもどうやって捜すおつもりで。火盗を待ったほうがいいんじゃ……」

問いかけてくる彦弥の声は、馬の振動を受けて揺れている。

「とっくに雨は止んだ。陽が沈む頃には火を付けられてもおかしくねえ」

日差しは刻一刻と強まり、ここ数日の長雨で遊ぶことも儘ならなかったようで、子どもたちが往来に飛び出して鬱憤を晴らすように駆け回っていた。時に声を掛けて避けさせ、時にその合間を縫いながら三頭は疾駆する。

「あ！」

流れゆく景色の中、子どもの一人が声を上げて、天を指差しているのが目に入った。指先には神々しいばかりの大きな虹が掛かっていた。子どもにかかわらず、大多数の人がこの雨上がりの象徴に心を躍らせるであろうが、今の実情を知る火消にとってはまるで地獄への架け橋にも見えた。

「本当にこんなところにいるのでしょうか……」

牛込に入って寅次郎は左右を見回し続けた。牛込はいわゆる武士の町で、大名や旗本の武家屋敷が密集している。

「見張りは金で雇った侍だろう。木を隠すには森ってことだ」

源吾も首を伸ばして屋敷を見てゆくが、どれにも特段変わったところはない。

武士は大名の転封や改易、旗本の出世と、頻繁に屋敷替えがあり、牛込には常に空き家となった余剰の屋敷が存在する。一橋ほどの権力者ならば、そのうちの一つを上手く利用するなど訳もないだろう。

「片っ端から踏み込むかい？」

彦弥は軽々しく言うが、他にも幕府の武器を司（つかさど）る具足奉行や弓矢槍奉行の拝領屋敷なども建ち並んでいる。下手に踏み込み、間違いであったならば謝るだけでは済まない。

「本年の武鑑、切絵図は頭に入っています。空き家の位置もはきと分かります」

新之助が言い切るので、牙八は疑いの目を向けた。武士の名鑑たる武鑑にしろ、誰の屋敷かを示す切絵図にしろ、年初めに更新されて発刊される。必要とあれば取り出して繰るものであり、諳んじるものでもないし、そう容易く覚えられるものでもない。

「目ぼしい空き家の数は」

「先月までは十一ありましたが、その多くが新たに下賜されました。残るは納戸町、簞笥町、築土町、無量寺門前の四つです」

並脚で周囲を見回しながら、新之助はすらすらと答えた。先月との違いまで知っているということは、国元に帰っている源吾に代わり、非番の日に見回るなど、常に情報を収集している証拠である。そこに新之助の常人離れした記憶力が合わさると、源吾以上の力を発揮することが分かる。

「一軒一軒虱潰しにいくか」

「いえ、いっそ火を付けてやりましょう」

語調に常の新之助の陽気さは微塵も感じられず、目を細めながら手綱をゆっくりと下ろしていく様は妖しささえ漂っている。

「手前、何を言っている……」

「何も火事を起こすのは奴らだけじゃあない。それを見せてやるのです」

新之助の暴言に、彦弥や牙八も言葉を失っている。馬上でなければ襟を摑んで殴り飛ばしているところである。心労がたたり過ぎて気がおかしくなったのではないか。そのようなことも頭を過った。

「新之助、正気か？」

源吾は刺激せぬよう恐る恐る言った。すると新之助は口を尖らせて首を捻っていたが、何か思いついたかのように、ぱっと眉を開いた。

「言い方が悪かったようですね。実際に火は付けませんよ」

「声が大きいぞ……」

物騒な言葉が飛び交っているので、往来の人々は怪しみながら通り過ぎていく。

「火事が起きた。と、喚き散らすだけです」

「なるほど……驚かせやがって」

新之助の真意を知って安堵の息を洩らした。つまり嘘の出火を報せ、空き家から人が出て来ればそこが怪しいということである。いくら姿を隠していても、火事というものはそれほど脅威であり、その報せにはそうせざるを得ない魔力がある。

「すぐにかかろう」

牙八は後ろからせかした。逸(はや)る気持ちは源吾も同じである。しかし二度と訪れないであろうこの機会を逃すわけにはいかない。

「彦弥以外は四手に分かれて一軒ずつ見張る。ただし出て来ても絶対に手を出すな。突き止めるだけでいい。火盗を待って踏み込む」

「彦弥は？」

寅次郎が訊いてきたが、答えるより早く彦弥が口を開く。

「火事だと叫んでも、四町に跨って聞こえなければ意味がねえ」

荒っぽい配下の中でも、一、二を争う無鉄砲な彦弥は、すでに源吾の意を汲んでいる。

「やったことあるか？」

「まさか。子どもの頃、寺で甚助とお夏と真似して遊んだくらいさ。訊きかたを変えてくださいな、御頭」

夫婦になって甲州へと去った幼馴染の名を口にし、彦弥は遠くを見つめた。

「彦弥、やってくれるか」

彦弥は首からぶら下げた木札を手に取ると、おどけた素振りで口付けした。

「惚れてくれた女のためだ。やってやる」

散り散りに分かれて四半刻ほどが過ぎた。すでに皆配置についたことだろう。あとは彦弥が上手くやってくれるのを待つばかりである。源吾の担当は築土町の空き家である。外から窺う分には人気はないように思われた。彦弥の目的地からここが最も近い。動きがあれば真っ先に判る。

さらに四半刻近く待っていると、遂にその時が訪れた。激しく鐘が掻き鳴らされたのである。

「やりやがった」

源吾は独り言を零してほくそ笑んだ。鳴ったのは束の間、すぐに鳴りやんで余韻が町を包み込んでいる。眼前の屋敷には何ら動きがない。

――はずれか……。

他の者の元へ向かおうとした時、背後から呼ぶ声が聞こえて身を翻した。

「御頭！　どうです⁉」

顔を布で覆ってはいるが、腕を振って全力疾走しているのは間違いなく彦弥である。その後ろを二十人以上の火消が土埃を立てて追いかけて来ていた。

「馬鹿！　呼ぶな」

彦弥を待たずして源吾は馬に飛び乗った。馬の速度が上がる前に彦弥は追いついて並走する。

「上手くやったぜ」

誇らしげに言う彦弥は、馬が駆け足になっても離されない。その脚力と身軽さに魅了されて火消に誘ったのだ。

「あれでか？」

顎をしゃくって後ろを指す。背後から迫っているのは牛込の築土町を管轄に持つゐ組の連中である。待ちやがれ、ただじゃ済まさねえ、などの罵声を発し、どの者も顔を真っ赤にして追いかけてくる。

「この泰平の世に忍び働きなんかさせるなよ」

戦国の忍者が城に潜入するかの如く、町火消屋敷の鐘楼に忍び込み、勝手に鐘を掻き鳴らさせたのである。

「俺は無量寺門前へ行く。お前は納戸町へ。どちらも違えば簞笥町で落ち合うぞ」

「また遠いところを振るんですから」

「真っ直ぐ進め！」

覆面の上からでもにやりと笑うのが判った。彦弥は飛びあがって桟を摑み、瞬時に屋根に上った。そのあまりの身軽さに背後のゐ組も、怒りを忘れて感嘆の声を上げるほどである。彦弥は頰かむりをはぎ取って宙に放ると、屋根から屋根へと飛び移り、真一文字に目的地へと向かっていった。

暫く行くと流石に馬には追いつけぬと思ったか、ゐ組の連中の罵る声も止み、跫音も遠ざかっていくのを感じた。

——牙八。我慢しろよ。

無量寺門前は牙八の受け持ちであり、もっとも気にかかっていたのもそこであった。お琳への想いの強さから、もし敵が現れたならば我を忘れて飛び掛かりかねない。

それは無用な心配であった。牙八は予定通り小路に身を隠して空き家を注視していたのである。

「よく我慢したな」

「我慢も何も動きがねえ。あれは本当に空き家だ」

「堪えきれず、さっさと他へ向かっているかと思った」

「家を出る時、お前のかみさんに自重しろと言われたんだよ」

そう言いながら牙八は馬の後ろへ跨った。

「俺は嫌いでも、深雪には従うか」

いかに心を閉じた者でも、いつの間にかするりと懐に入り込んでしまう妻の特異な魅力を改めて思い知った。

「今は心労が祟るといけねえ時期だ」

「どういう意味だ」

手綱を思い切り絞り、箪笥町へと辻を折れた。

「聞いてねえのか？」

牙八の声が上擦っている。何に驚いているのか全く見当が付かなかった。

「何か聞いたのか？」

「いいや。気付いただけさ」

「回りくどい奴だ。いいから話せ」

「深雪さんの口から話すことだ。きちんと聞いてやりな」

そこまで言われてようやく、この間、深雪が何かを話そうとしていたことを思い出した。あれは小谷屋の干し芋ではなかったのか。何度訊いても牙八は口を噤んで話そうとしない。ただ一言、

「こんな鈍感な男のどこがいいんだか……」

と、呆れた口調で呟いたのみであった。

鐘が鳴らされたことで、火元を探るため、家々から人が出てきて往来に満ち溢

れてきた。その中を大して上手くもない手綱捌きで行くのには苦労する。

しかしそれも束の間、混雑は潮が引くように解消されていった。ゐ組の連中が方々で偽火事だということを喚いて回っているのだろう。誤報だと噂が伝わると、安堵と苛立ちの混じったような溜め息を残し、皆家の中へと取って返していく。

「御頭！」

十字路に差し掛かったところで、寅次郎が彦弥を乗せて左折してくる。源吾は直進、自然と並走する格好となった。寅次郎は馬を巧みに操っている。下手をすれば己よりも上手いのではないかと苦笑した。

「残るは箪笥町ということになりますな」

寅次郎は話しながら、ちらりとこちらを向く余裕すら見せた。

「あいつが当たりか」

――運がいいことだ。

飄々と笑う新之助を思い浮かべ、そう続けようとした時、源吾は得体の知れない違和感を持った。

――新之助は果たして運が良いのか。

と、いうことである。

大火の折も偶然下手人を見つけた。そう考えれば確かに運は良いのかもしれない。しかしそのせいで大怪我を負ってしまっている。

つい先日も田沼の船、鳳丸で風早甚平を見つけて斬り結び、海に投げ出された挙句、謹慎処分を受けたではないか。少なくとも幸運ではなく、悪運の部類に入るであろう。

そして何より今日の新之助は笑っていたか。火事場でも皆を不安にさせぬため、屈託の無い笑顔をみせる若者なのだ。振り返ってみたがそのような記憶はなかった。火を付けると言った発言も、後で大袈裟に身振り手振りを加えて否定したものの、決して笑っていなかった。

「まずい……急ぐぞ！」

突然声を上げたものだから、皆何事かと目を瞬かせた。気合いを発して馬をさらに駆る。速くなると共に、耳を撫ぜる風切り音も次第に高くなっていった。

「どうしたんですかい⁉」

風が生む雑音に混じり、後ろから彦弥の叫び声が聞こえた。頭だけで振り返ると、彦弥は鐙（あぶみ）も無いのに、鞍（くら）から腰を浮かせていた。

「今のあいつなら一人でやりかねん！」

簞笥町までは間もなくである。後ろの牙八はまさかといった様子であるが、新之助の腕前を知ればあり得ないことではないと、考えを改めるだろう。

陽は相も変わらず、憂さを晴らすが如く江戸を照らしている。一足飛びに夏が訪れたようなこの日差しに、町はすでに潤いを奪われていた。

その陽もすでに西の稜線に一部を食われている。源吾は蒸れた風を鼻腔に吸い込み、前を見据えて手綱を波打たせた。

五

遠くで半鐘の音が響いている。一見無謀とも思われる火消屋敷への潜入も、彦弥ならば必ずやり遂げるだろうと思っていた。空き家には動きは無い。諦めてその場を動こうとした時、脇門がゆっくりと開くのが目に入った。四十絡みの男である。男は頭だけを出して左右に首を振っていたが、鐘の音の元が判りかねたと見え、遂には全身を現した。

身なりはお世辞にも立派だとは言えぬ。月代も数日は剃っていないらしく、毬栗（ぐり）のようになっている。風早のような一橋の家臣というよりは、浪人といったほうがしっくりくる。

――当たりか。

新之助は素知らぬ顔で往来を歩き、横目で様子を眺めていた。暫くするともう一人姿を見せた。こちらの年の頃は三十を少し超えたあたりか。薄汚れた萌黄（もえぎ）色の着流し。目の下には薄っすらと隈が浮かんでいる。二人が何かを囁き合っているが、源吾でもない限りとてもではないが聞き取れない。目の前を通りすぎた直後、二人の男は中へと引き返していった。

四、五人ならばやれると確信した。男たちの足の運びなどを見ていると、それほど武芸に通じていないことが判る。一人で踏み込むことも考えたが、深く息を吸って我を取り戻した。

――あいつがいれば、こちらもただじゃあ済まない。

新之助が思い起こしたのは、先日対峙した風早甚平と名乗った男であった。幼い頃から道場に立ち、大人相手にも後（おく）れを取らなかった。十五で元服した時には、相手が師範代でも三本連続で取って見せ、他流試合でも力半分で大概の者は捻じ伏せた。

だが、風早には今まで立ち合ったどの者にもない凄みを感じた。自身は一人も斬ったことがないのに、人を斬れば剣に鬼気が宿るなどと、したり顔で語る先輩は多くいた。世間で語られる眉唾話を鵜呑みにしているだけだと、話半分で聞いていたが、あながち間違ってはいないらしい。

大火の下手人から御頭を守るため、新之助は初めて人を斬った。あの時は無心で剣を振るったに過ぎず、気が付けば屍が転がっていた。それでもいかに悪人とはいえ、その無残な姿を未だ忘れられず、己の所業を恐れもした。

だが風早からは、そもそもそのような苦悩を抱かなかったかのような闇を感じた。剣というものは技こそ互角であろうとも、心の差が顕著に出る。こちらも殺すつもりならばともかく、相手の命を慮っては十中、七は討たれるだろう。

自重して建物と建物の隙間に身を隠していたが、屋敷に再び動きがあった。慌てていたのか、閉め忘れた脇門から中が垣間見えるのだ。高位の者が乗るような駕籠が二つ、三つと用意されているのだ。

「動くつもりか……」

思わず口を衝いて出た。中には用心深い者がいるのだろう。鳴ったもののすぐに止んだ半鐘を不可解と思い、念を入れて場所を移そうとしているのだ。遠目であるが、衣服の色だけは見え、一度見たならば決して忘れない。その数は見たところ予想を上回り、少なくとも七人はいる。

男たちは次に、駕籠の中に何かを押し込もうとしている。隙間からははきとは見えないが、人がすっぽり入るほどの大きな麻袋である。動きがなかったそれが、急にうねるように激しく動いた時、新之助はすでに歩き出していた。

速すぎず、遅すぎず、ごく自然に歩き、我が家に帰ったかのように門を潜る。そして母に帰りを告げるが如く声を掛けた。

「どこへ行くのですか？」

「何を言っておる。もう一つの――」

振り返った男が驚愕したのも一瞬、すぐに苦痛に顔を歪めて崩れ落ちた。新之助の肘が鳩尾(みずおち)に突き刺さったのである。

「まだ塒があるのですね」

ゆるりとした調子とは反対に、新之助は素早く距離を取った。麻袋はもう一つ。男二人掛かりで運び出そうとしていたが、それが芋虫のように身を縮めていた。

「お七、お琳！」

呼びかけると二つの麻袋の動きが活発になり、中から声にならぬ声が聞こえてくる。籠ってはいるが、お七やお琳のものに相違ない。

「お主、いつの間に……」

敵の数は足元に転がる者も含めて八名。いや、騒ぎを聞きつけて中からさらに四名。合わせて十二名である。すうと流れるように見渡したが風早の姿は無かった。

「一人で来るとは飛んで火にいる夏の虫」

一味の中の束ね役であろう。左右に合図を出すと、一斉に刀を抜き放った。それと同時に一人が駆け出して脇門を閉鎖した。

「どこかで聞いたことがある科白(せりふ)です。ああ……講談の悪者だ」

束ね役の平たく大きな顔はみるみる赤く染まり、茹(ゆ)で蟹(がに)のようになっている。話しているので隙が生まれたと思ったのか、脇から一人が突っ込んでくる。身を倒して鼻先で太刀を躱すと、起き上がりこぼしのように戻り、強烈な裏拳を頸(くび)に見舞った。吹っ飛んだ男は白目を剥いて泡を吹いている。

「火盗か……」

「いいや、火にいる虫さ。夏に限りはしないが」

先んじて数人の男たちが向かって来た。鼓動が速くなる。己が殺めた男たちの亡骸(なきがら)が、走馬灯のように頭の中を駆け巡った。

腰に眠っている刀を揺すり起こし、急ぎの出立を命じる。夕日を受けて一閃、絶叫が響き渡る。切り落とした手首が地に落ちるより早く、刀は宙を取って返し、次に向かってきた男の指を跳ね飛ばした。柄に刃が触れる感触を覚えると、身を低くして独楽のように回り、さらに別の者の脹脛(ふくらはぎ)を斬りつける。瞬く間に三人沈めたことで、男たちは喉を鳴らして遠巻きに囲い込んだ。残るは七名。

「この腕……火盗でなくば何者なのだ」

「もう、折角格好よく言ったのに、伝わらないんだから」

つんと口を尖らせて、刀を下段に構え直した。

「火消……新庄藩か！」

市井ではぼろ鳶の名の方が遥かに通っている。望んでいた正式な呼び名が、悪党の口から飛び出したので思わず苦笑してしまった。

もう敵も油断しない。担いだ者を除いた六人で包囲の輪をじりじりと狭めてくる。

新之助は完全に輪が閉じる前にこちらから飛び込んだ。もうこうなれば乱戦である。躰に染みついた技に身を委ねた。

躰は心に従順である。一人斬り、二人斬るが、見事に急所は外してくれる。その分、受けに回らざるを得ない瞬間も訪れ、着物は破れ、肩や胸の薄皮が斬られた。刀に脂が巻いて鉄芯のようになると、腕をへし折り、小柄で鼻梁を叩き割った。ふと気づくと残る者はただ一人。麻袋を担う浅黄色の着流しだけであった。男はわなわなと震えていたが、我に返ると蠢く麻袋をどさりと置くと刃を当てて喚き叫んだ。

「突き殺すぞ！」

地に転がった男の一人が、手を伸ばして足首を摑もうとしたので、頭を毬のように蹴飛ばした。

「やってみろよ」

片頰に笑みを浮かべて、冷たく言い放った時、男の目が泳ぐのを見逃さなかった。すかさず脇差を抜くと、それを矢のように投げた。男は右肩の付け根を穿たれ、大きく仰け反った。その時には既に一間（約一・八メートル）の距離まで詰めている。棒と化した刀で逆胴に薙ぎ払った。男はえずきながら涎を垂らし、膝から崩れ落ちた。大刀を納めた後、男の肩から脇差を抜くと、これもすかさず棲(すみ)家(か)へと戻した。血に濡れたまま戻した鞘はもう使い物にならないだろう。

新之助が麻袋の口を縛った縄に手を掛けた時、背後で呼ぶ声が聞こえた。

「馬鹿野郎！」

「御頭……」

庭は悶絶する男たちで足の踏み場もないほどである。御頭はそれを避けながら近づいてくると、襟を摑んだ。背後には彦弥らの姿もある。

「勝手に何してやがる！」

御頭の拳が小刻みに震えていた。ここまで怒らせたのは久しぶりである。

「こいつらが移動しようとしていたのでつい……」

「そうだとしても……もうお前が散々な目に遭うのは懲(こ)り懲(ご)りだ……」

薄っすらとではあるが、目に膜が張っている。昨年、新之助が無茶をしてあわや死にかけたことを、御頭は未だ引きずっているのだ。自分が思っている以上に大切にされていることを知り、新之助は照れ臭くなって苦笑した。

「承知しました。以後気をつけます」

「本当に心配かけやがって……」

「あ。熱くなっているところ申し訳ありませんが、この麻袋に二人が」

源吾がきょとんとしたが、あっと言う間に険しい顔になって頭を叩いてきた。

「早く言え！　馬鹿！」

「馬鹿、馬鹿言い過ぎです」

源吾は駕籠の中の麻袋を引き出そうと、寅次郎を呼びつけた。その間に新之助は無造作に放られたもう一つの麻袋の口を開いた。姿を現したのは猿轡を嚙まされ、潤んだ目でこちらを見つめるお七である。彦弥が駆け寄ってきて、二人掛かりで何重にも縛られた縄を解いてやり、猿轡を外した。

「彦弥さん！」

お七は彦弥にしがみつき、わんわん声を上げて泣いた。少々気まずそうにこちらを見る彦弥であったが、頷いてみせると頭をぐしゃりと撫でて抱き寄せた。

一方の麻袋から、寅次郎がお琳を諸手で抱えて、助け出している。源吾が動かぬように命じて脇差で縄を断ち切る。

「お姫様……」

牙八はふらふらと近づいてお琳の肩に手を置くと、調子は悪くないか、どこか怪我はないかと繰り返し尋ねた。

「牙八こその顔……」

お琳は牙八の頬にそっと手を当てた。腫れこそ随分引いたものの、牙八の顔は依然青痣が残り、痛々しい。

「悪者と取っ組み合いになって、傷を負ってしまいました。面目ない」

牙八は顔色一つ変えずに嘘をついた。お琳の頬に一筋の涙が伝う。それを牙八はぐっと抱き寄せた。

「ちょっと、手伝ってくださいよ！」

命に別状ない怪我しか負わせていないのだ。男たちが息を吹き返そうとするのを、新之助は右往左往しながら鞘で小突いて回った。ましてや十二人もいれば休む間もなく、まるで土竜叩きのようになっている。

「折角助けたのに、寂しいことで」

寅次郎は二人を縛っていた縄を男たちに掛けながら言った。

「いいんですよ。私にも心配してくれる人がいるようですし。まあその分叩かれてしまいますけど」

新之助は口を八の字に曲げて源吾を見た。好きで凝った剣の道であるが、修羅にまで踏み込むのはどうも性に合わない。青臭くとも皆と笑っていられるこちらの方がいい。そんなことを考えながら、新之助は頭を掻いた。

六

　呻きながら転がっている男たちを見下ろし、源吾は長い嘆息を洩らした。肩や胸には浅い傷があるものの、新之助はけろっとして、切り裂いた袖で血止めを行っている。敗れた男たちは皆急所を外されている。狙ってこれを成し遂げるとは、剣術に明るくない源吾でも、いかに凄いことかは解る。まさに獅子奮迅の働きである。

　長さが足りずに一重ではあるが、ようやく男たち全てに縄を掛けた時、星十郎が火付盗賊改方の一団を連れて駆け込んできた。

　火盗の連中が賊をさらに厳重に縛り上げていく中、お琳が牙八に訊いた。

「父上は……」

「大頭の命で来たのです。今、大頭も方々を捜しておられます」

「嘘――それじゃあ江戸が危ない！」

　お琳の顔が白く染まり、お七と視線を合わせて頷き合った。

「どういうことだ？」

源吾が問い詰めると、先にお七が答えた。

「二刻前、ここから何人かが出ていったの。今度こそ心置きなく燃やせるって
……」

恐るべき一言に、火盗たちは色めき立つ。そんな中、新庄藩火消の者たちだけは冷静であった。お琳とお七は、手足を縛られて屋敷の一室に閉じ込められていたらしく、会話は筒抜けであった。まさか踏み込まれて救出されるなどとは、思ってもいなかったらしい。

「捕まっているのは私たちだけではないの」

お琳が皆に訴えかけた。屋敷の中はすでに調べ上げたが、他に人の姿はない。さらに詳しく聞くと、屋敷に詰めている者には入れ替わりがあり、交代の時に、そちらはどうだと訊く者、あっちはいい女だがこちらは餓鬼かなどと愚痴を零している者がいたらしい。そこから、他の場所でも捕らえられている者がいると考えたという。

動揺する火盗をよそに、星十郎は眉一つ動かさずに言った。

「一所（ひとところ）に置けば、踏み込まれた時に全て奪還される恐れがあります。人質同士

で協力して何らかの手を打つことも考えられます。数箇所に分けておくのは理に適(かな)っているかと」

　火盗が束ね役と思われる男の顎を摑み、どこに火を付けるつもりか、他の人質はどこか、などと問い質す。しかし男は首を回して振り払うのみで、何も答えはしなかった。さらに手荒に扱おうとした時、星十郎が一歩踏み出した。

「お嬢さん二人が聞いているのです。認めてはいかがですか？」

「俺は何も知らぬ」

「ほう……では皆さんに尋ねましょう。最も早く話した者は無罪放免、二番目は減刑、三番目以降は刑に服して頂きましょう。あとは軽くて島流し……いや死罪でしょうね」

　火盗が勝手を咎めようとするが、星十郎は老中田沼の名を出し、一喝して黙らせる。そして焦りの色が濃く現れた男たちに、さらに続けた。

「後に嘘であると分かればこの約束は反故(ほご)にする。また十数える間に答えねば、この話は終わりです。一、二、三、四……」

「待て！」

　数人の男たちが我先に口を開こうとする。星十郎はそれを黙らせると、一人ずつ順番に小声で話すように命じ、情報を引き出していく。口裏を合わせられないようにする用心である。

聞きだしたことを纏めると、千住宿の糸屋という宿があり、主人も含め全員が仲間であるらしい。どこの家の者かは知らぬが、そこにも娘と年増の二人の人質がいるらしい。

また、火付けに向かったのは三名で、二刻ほど前、今より火を付けに向かうと出ていった。その中の風早と謂う男こそが一団を統括しており、どこに火を付けるか、どのような手法であるかは彼の腹の内にしかなく、誰にも語られていないという。

「と、いう次第です」

星十郎は目を細めながら源吾に復命した。そのあまりに鮮やかな手並みに火盗たちも啞然としている。情報の真偽が判らぬという火盗に対し、星十郎は幼子に教えるかのように優しく説いた。

「躰を責めるのも一手ならば、心を責めるのもまた一手。この者らに仲間の意識がありましょうか。己の身だけを案じているのです」

そのやり取りももう源吾の頭にはまともに入って来ていなかった。

「二刻前……もう時がねえ……」

それだけ時があれば江戸のどこにでも辿り着ける。間もなく火の手が上がってもおかしくない。いや、すでに火を付け終わっているかもしれない。そうだとしても太鼓や半鐘がまともに鳴らぬ今、察知することも容易くない。

「星十郎……当てろ」

無理難題だと解っているが、これもこの男に頼る他ない。

「二刻経過し、まだ牛込で煙一つ立っていない点、風向きは……いや、奴らは風を読まぬし、読めぬ……」

星十郎は瞑目して髪を摘んでは弾き、跳ねさせては摑みながら、ぶつぶつと独り言を繰り返した。相手が火付けの素人であることでかえって絞れないでいる。

その時、新たな火盗が血相を変えて屋敷に飛び込んで来た。それが何を意味するものか、源吾は咄嗟に理解した。

「火事です‼　やられました！」

焦燥から火盗の声は裏返り、両肩は激しく上下に揺れ動いている。

「どこだ⁉」

源吾がすかさず叫んだことで、一瞬たじろいだ。そこに、星十郎が鋭く言い放った。

「深川木場」

どうして分かった、という顔で火盗が目を丸くしている。

「左様、深川木場、材木商い名胡屋！　本所方面へ北上中！」

――まずい所に火が付いた。

源吾は目が眩みそうになるのを耐えながら下唇を噛み締めた。木場はその名の通り、各地から江戸に入った木材の置き場である。大火の後、木材の需要が跳ね上がり、備蓄量は常の五倍を超えている。つまり炎の勢いも尋常でなく、高々と燃え盛った焔は、海風を受けて津波の如く町へと押し寄せる。

「城の東、木場ならば、打ち合わせ通り府下に散った鳶は築地木挽町、紀伊国橋前に集まります！」

星十郎も興奮して声高く言った。

「出ている火消は！」

「それが、本所、深川界隈では全く……」

「定火消、大名火消、町火消、方角火消、腐るほど火消がいる場所じゃないですか!!」

新之助は遠く離れた同業者へ恨み節を放った。

食い止めるべき本所は定火消、八丁火消、町火消、方角火消、全ての管轄が重なっている。

定火消は江戸城を取り囲むように、四谷門外、赤坂溜池、赤坂門外、麴町半蔵門外、飯田町、市谷左内坂、御茶ノ水、駿河台、小川町、八重洲河岸の計十箇所にある。特に北に密集しているのは、北風による類焼から江戸城を守る為である。その管轄に関してはそれぞれの裁量に任されてはいるものの、火が御城に累を及ぶと見れば、最も近い定火消は出動する。本所の場合、八重洲河岸、小川町からほぼ同距離にあるため、しばしば混乱を来すほど火消が溢れている地であった。

同じく八丁火消においてもそうで、本所深川には腐るほど武家屋敷があり、隅田川沿いに屋敷を構える各家も、見舞い火消と称して駆け付けてくる。本郷から一直線で橋を渡れるため、ここには加賀鳶も毎度のように姿を現していた。

町火消に関してはいろは四十八組の管轄外で、本所深川専門の町火消が千二百八十人もいる。また江戸の大手門への警戒から方角火消大手組の面々も出張る。

これを言い当てただけでも一年前の新之助から大きく成長しているとはいえる

が、答えとしては完全ではなかった。

「所々火消を忘れている……本所は二箇所だ」

所々火消とは、江戸における最重要地点を張り付きで警護する火消であり、城外の蔵三箇所の内、彼の地には本所御米蔵、本所猿江材木蔵の二つまでが存在する。故にそれぞれに専属の火消がいる。しかも蔵の守備は外様の大藩で、我の強い面々であった。

「まだあります。御頭、本所は御徒町の隣……」

元御徒士であった星十郎は知っている。ただでさえ複雑怪奇な江戸の火消構造には、さらにもう一つの組織が存在する。源吾は深く息を吐いた。ここで取り乱し、状況を見誤れば取り返しがつかない。

「飛火防組合もいる」

享保七年（一七二二）、幕府は増加の一途を辿る火事に備え、そのような組織を作らせた。旗本や御家人を振り分けた六十五組があり、範囲内での火事へ出動することを命じられている。御徒町には特に大規模な飛火防組合があり、自らの守護地に飛び火せぬよう、本来ならば対岸の本所に雪崩れ込むはずなのだ。

「それだけいて、防ごうとする火消は皆無。私たちだけですね。死なななきゃならない……」

新之助は動きやすくするため袴の裾を引き裂いた。最悪の状況と解りながら、俄然やる気でいる。

「現在、ただ一家のみ急行中です」

火盗は朗報を告げたにもかかわらず、声が酷く暗いものであった。

「加賀鳶！」

お琳が声を上げると、大きく頷いた。出るということは父が己を見捨てたということと知りながら、お琳の目は輝いていた。それを牙八は複雑な表情で見ている。

「しかし……四十人のみと聞きました」

「え……」

お琳と牙八は同時に声を詰まらせた。五百を超える加賀鳶にしては少なすぎる。その界隈では大火をも上回る火勢のはずである。応援が期待出来ぬ今、全ての鳶を出し切ったところで間に合わないほどなのだ。誰もがその理由が解らずに啞然とする中、源吾だけはあの男の真意が理解出来た。

――勘九郎はお琳と共に死ぬつもりだ。

加賀鳶といえども、一家ではとても太刀打ち出来ず、やがては炎に巻かれ全てが命を落とすことになる。勘九郎はそれを十分理解しているからこそ、多くの配下を残している。恐らく連れている四十人というのは、生死を共にすると誓った股肱の者だけであろう。少しでも時を稼いで人々を逃がし、自らは人柱になるつもりである。それが娘を見捨てたせめてもの償いと決めているに違いない。

「松永……この通りだ。俺を共に……」

牙八は頰を震わせ、腹の底から声を絞り出した。

「私も連れていって」

お琳が静かに言った。牙八がそれを押しとどめようとするが、手を払うお琳の目に覚悟が宿っている。

「何をする」

「父上に迷うな、と」

源吾の問いに即答した。女にとって惚れた男に抱かれることだけが大人になる術ではなかろう。己の大切な者を守ろうとする資質が身に付いたこの瞬間、お琳は娘であることを辞めた。

「行くぞ！　加賀鳶を死なせるな！」

お七を火盗に託し、往来に飛び出した。すでに一部の火盗は、千住の人質解放に向けて動き出している。

三頭が、牛込から外濠沿いを南に駆け抜けて疾駆する。炎から遠いこの地でも、往来にはすでに荷を持って逃げ出そうとしている人々がいた。昨年の悪夢が頭にこびりついて離れないのだ。遊びに出ていた子どもは泣き叫び、肩がぶつかった男たちは喧嘩を始め、戻らぬ子を捜し求める女、東の空を見つめる悟った顔つきの年寄り、東に近づくにつれ、そのような光景は増えていった。

「まだだ！　休ませるな！」

源吾は咆哮しながら馬を攻め立てた。いつ潰れてもおかしくないほど馬の鼻息は荒くなっていく。蹄の音が人の群れを割り、四騎が連なって風の如く駆け抜ける。

「御頭！」

方々に散っていた配下がそれに気付き、合流しようとする。どの者も一様に頭陀袋や、後付け行李を身に付けている。すぐに消防に掛かれるよう、最低限の装備を中に入れて持ち歩かせていた。

当然馬には敵わぬが、顔を紅潮させ、汗も洟も垂らしながら腕を振って走る。

辻で折れる時には追いつき、直線では離され、それでも懸命に後を追って来る。一人増え、二人増え、五人になり、十人になり、ただ南へ奔走した。まだ夕暮れも浅いというのに、早くも星が瞬いている。もう天の助けは無い。火炎を止めることが出来るのは火消のみである。

銀座町に辿り着いた頃には、一行は三十名を上回っている。対岸の火事はかなり燃え広がったようで、炎は赤々と夜空を焦がし、生まれたばかりの星を隠すほどであった。やはりとても加賀鳶四十名で消し止められる規模ではない。

集合地点の紀伊国橋にはすでに五十名を超える配下が待ち構えていた。何とそこには深雪の姿もあるではないか。

「皆様、これを！」

深雪は両手一杯に抱えた刺子羽織や刺子半纏を掲げた。お七たちを救出に向かい、そのまま火事場に突入するとは思っていなかった。故に源吾のみならず、新之助や彦弥たちも火消羽織、火消半纏を持ってはいない。深雪はそれを届けに来てくれたのだ。馬を戛々と緩め、皆一斉に飛び降りた。

深雪はそれぞれの羽織、半纏を手渡していき、最後に源吾の前に羽織を差し出した。

「ありがとよ」

源吾は受け取った羽織をまじまじと見た。何度洗濯しても落ちない長年の汚れが染みついており、肩や裾には継ぎはぎもある。その中に一つ、弁柄(べんがら)色の刺繡が施された羽織がある。

配下の鳶たちも、首から下げた頭陀袋を取り、背負った後付け行李を解いて中から火消半纏を取り出していく。それを待つ間を見計らい、深雪がずいと詰め寄った。

「お話があります。旦那様が先刻、聞きたがっていたことです」

「今か⁉」

いくら気に掛かっていたこととはいえ、こののっぴきならぬ状況に話す必要があるか。思わず素っ頓狂(すっとんきょう)な声を出してしまった。

「すぐ終わります」

「分かった。聞く……おい、皆急げ！　間もなく出立するぞ——」

深雪に応じたものの、支度に追われる配下が気になり尻を叩いた。

「嬰児(やや)が出来ました」

「なるほど。それはよかっ——な……」

そろりと首を回すと、深雪は真剣そのものといった顔で、じっとこちらを見上げていた。

「今……何と言った……」

誰にも負けぬと自信を持つ耳を、生まれてこのかた初めて疑った。

「父になるのです」

新之助の顔がぱあと明るくなり、星十郎は目を見開いて手で口を覆った。彦弥と寅次郎は肩を叩き合って喜んでいる。ただ源吾だけが、二、三歩後ずさりした。

「俺が……か？」

指を自らの鼻にちょこんと添えて尋ねた。

めでたいことには違いない。嬉しくない訳でもない。ただあまりに唐突過ぎて心に染み渡るのが遅れているのかもしれない。それとも立派に父を務めている世の男も、当初はこのように無様であったのか。

「はい」

一陣の風が吹き抜け、深雪の髪に砂塵が纏わりついた。この手の報告は紺碧の空の下が似合う。そう勝手に思い込んでいた。しかしどうやら己の妻には当て嵌まらないようだ。いかなる景色でも借景へと変える凜とした美しさがある。

「しかし……何故、今それを言う」

狼狽えてしまうではないか。と、続けそうになるのをぐっと呑み込んだ。しかし古今東西世は広しといえども、火事場でこの報告を受けた者が、果たして何人いただろう。少なくとも指を折るほどに違いない。

「無事にお帰りください。努々、死んでもよいなどと思わぬように」

何故、今であったか。その訳が解るような気がした。ある意味今回が大火よりも困難な火消しだと深雪は知っている。額面通り、死んで帰るなという意味も当然あるだろう。しかしそれは己だけに向けての言葉ではないと感じた。勘九郎を始め、二言目には死ぬ覚悟だなどという、世の馬鹿な男どもへ、世の女を代表して警鐘を鳴らしているつもりでいるらしい。

「偉そうに。お主は母になる覚悟は出来ておるのか？」

源吾は顎を少し上げて笑った。不思議と落ち着きが戻っている。

「男がいつまでも子どもであるだけで、女は生まれながらにしてその覚悟を備えています」

歓喜を抑えきれぬらしく、新之助は深雪の元へ歩んだ。

「おめでとうございます」

「ご祝儀期待していますね」

さすがに新之助相手でも無礼であろうと咎めようとしたが、目は互いに笑い合っていた。

「母になれば、もっと吝くなりそうだ」

「まあ、大手柄を立てててたんまりと恩賞を頂くと思っておりました」

「出来ますかね？」

「はにゃ方様のお墨付きです」

深雪がくすりと笑った。

「行ってくる」

源吾は言うと、深雪は何も言わずに頭を振った。源吾は不敵に笑いながら、改めて言い直した。

「喰ってくる」

「お待ちしております」

さらに遠くに散っていた鳶が参集し、新庄藩火消はほぼ全員の百名を超えている。どの者も爛々とした眼差しで、獣を求める狩人のような面構えをしていた。

　折角作ってもらった新しい火消装束は、屋敷で火消待機を装う左門たちに貸しており、手に持っているのはそれとは異なる火消半纏である。

「ここそ隠れているのは終わりだ！」

　源吾は高らかに叫びながら羽織を翻した。待っていましたとばかりに配下の者も次々に半纏を勢いよく纏った。

　色はてんでばらばら。糸目に煤が潜り込んでくすんでいる。布地は継ぎはぎだらけ。ひどいものになると、二着の刺子を繋げたような貧相なものまである。昨年まで使用していた、襤褸の火消装束であった。

「肌に馴染むのはこちらですな」

　寅次郎が大口を開けて大笑する。

「皆さんよくお似合いです」

　星十郎は当て布がされた自らの袖を見ながら大真面目に言った。

「色男は何を着ても似合うんだよ」

　彦弥は纏を肩に担いで見得を切って見せた。

「まあ、そうかもしれませんね」

共に戦ってきた仲間を労わるように、新之助は身頃をさらりと撫でた。源吾が馬に跨ると、新之助と星十郎もそれに倣った。

「行くぞ！　遮二無二走って付いてこい!!」

風に煽られ、羽織がはためき、裏地が覗き見える。一人でも救えなければ翻すことはない。描かれた鳳凰は、陽を見ることを信じて主人に寄り添っている。

鐙を鳴らして先頭に躍り出ると、そのまま駆け出した。新庄藩火消がそれに続く。ちらりと振り返ると、見送る深雪はもう米粒のようになっており、すぐに人波に隠された。

疾走する新庄藩火消に、往来を逃げ惑っていた人々は脚を止めて見送った。火消が正常に機能していないことは、もう隠れもない事実となり、庶民にも伝わっているのだろう。それを黄昏時に少し慌てて化物が出たかのような目で見ている。このぼろぼろの火消装束ならばまことに火消の亡霊と思った者もいるのではないか。自嘲して進む源吾の耳朶に、子どもの声が届いた。

「ぼろ鳶が帰ってきた！」

それを皮切りに、逃亡者は野次馬へと変じ、皆が口々に叫ぶ。

「どこいってやがった！　待たせやがって」

悪態で囃し立てる職人に対し、彦弥が拳を掲げると、向こうも鼻を擦って同じように応じた。そのやりとりを見ていた町娘から黄色い声が飛ぶと、彦弥は鼻の下を伸ばして情けない顔で手を振った。

「寅次郎さんや！　気張ってくれよ」

力士時代に現大関の達ヶ関の兄分、荒神山として人気を博した寅次郎を年配の者はよく知っている。媼の声に大きな躰を揺すりながら、にこりと笑って応じた。

「皆さん、人気者なことで」

口を尖らせて新之助が言う。

「まあ、町衆には鳶のほうが人気というもの」

それほど馬が上手くない星十郎は、手綱を押さえながら宥めたが、新たな名を呼ぶ声にはっとして横を向いて会釈したので、新之助は頬を膨らませた。

源吾は、野次馬は時に火消の邪魔をする迷惑千万な存在と捉えていた。だがそれも火消が必ず火を防いでくれるという信頼があってこそのものではないか。現に火消が現れただけでは一瞥したのみで、己が逃げることを優先していた。それが新庄藩火消と分かるや否や、大いなる野次馬へと変貌したのである。そしてそのような庶民の信頼があってこそ、火消は炎に飛び込める。その当たり前を奪った敵の狡猾さを憎まずにはいられなかった。

「火喰鳥！　頼むぞ！」

「ぼろ鳶さん、お願い！」

野次馬の声の嵐を、新庄藩火消は掻き分けるように突き進んで行く。これも失われていた当然が戻る兆候と思えば、悪い気はしなかった。

往来に軽塵が舞い上がる。まだ類焼していない家屋により、業火の全容は摑めてはいないが、細く天を求める幾穂かの火柱が見えた。途切れることのない喝采を受けながら、源吾はそれを睨み据えていた。

第五章　烏と鳳

一

「これは――」

新之助は息を呑んで目の前を流れて行く光景に目を奪われている。

新大橋西詰の広小路には掃いて捨てるほどの火消が集結しており、往来に激しい混雑が生じていた。ただ予想に反したのは、どの火消も遠巻きに見つめるのみで、消火にあたろうとしていないことである。

「まただ！　鳴ってねえ！」

源吾が後ろに向けて叫ぶ。皆の顔に悲愴感はなかった。己たちが江戸守護の先駆になるという覚悟は決めている。

「何ぼさっと突っ立ってやがる！」

彦弥などは立ち尽くす町火消の胸倉を摑んで、唾を撒き散らしている。

「俺たちは八重洲の火消屋敷が太鼓を打たねえと始まらねえんだ！」

町火消は悲鳴にも似た声で反論した。

「どこの御家の方ですか⁉」

道の脇に固まっている武家火消を見つけると、新之助は馬上から尋ねた。

「無礼であろう！　下馬されよ！」

「冗談じゃあない。火事場に無礼も何もあったものですか。お答えくだされ！」

新之助は有無をいわさぬ語調で畳み掛け、相手も渋々ながら答えた。

「我らは八重洲の定火消。所々火消の伊達家を差し置いて太鼓を打つわけにはいかぬ」

「打てえ！」

「ならぬ！」

普段は穏やかな新之助も、この時ばかりは痛烈な怒声を発した。

「新之助、皆我が身がかわいい。大本を動かすぞ」

「くそう……大火の時は一つになったと思ったのに……」

新之助が悔しがるのはもっともなことである。江戸全体を覆った明和の大火では、このような下らぬ問答などなかった。身分や家格の分け隔てなく、ただ皆が江戸を守りたい一心で一つになった。保身の心を抱く者など皆無であった。しかし哀しいかな、それさえも喉元過ぎれば忘れてしまうらしい。

人は到底敵いそうにない強敵には一致団結して立ち向かうくせに、今後を考える余裕が生まれれば、隣と手を取り合うことさえ厭う。まさしく今はそのような状況であった。

本所に通ずる新大橋を渡り、いよいよ火元に近づいてきた時、唐突に星十郎が話しかけてきた。

「これは……まずいですね。颶は南南東より吹いています」

星十郎は集中する時に髪を紙縒りのように弄る癖がある。今もそのようにして、あやうく落馬しそうになっていた。

「ああ。かなりまずい」

「御城は無事ということでしょう？」

星十郎に馬を譲った寅次郎は、盛り上がった胸を上下させて走っている。見渡せば配下の多くも肩で息をしていた。江戸を西から東へぐるりと全力で突っ走ってきたのである。それだけでも相当疲弊する行為であった。

「つまり、方角火消大手組は、洞ヶ峠を決め込むということだ」

本来、方角火消は城の守護が任務である。それを最大限に拡大解釈してやたら滅多出張るのは新庄藩くらいのもので、他家は御城さえ守ればよいという考えである。今回の風向きで被害を受けると考えられるのは、両国橋東詰の御米蔵や回向院などで、管轄外に出かけて万が一御城に被害が出れば、改易は免れない。つまり大手組は静観の姿勢を取ると思われた。

「迷っていても仕方ねえ。行くぞ！」

源吾は迷いを振り払いつつ、配下に命じた。

――こいつら正気か！

現場を心の内で激しく罵った。所々火消は自家が守るべき蔵だけを残そうと奔走し、八丁火消は己の屋敷に危害が及ばぬように火除地を作る。町火消に至ってはそれを見守っている者が大半で、少しばかり気骨のある者が、各武家火消に太鼓を叩いてくれとせがんでいるに過ぎない。

逃げ惑う人々の中には、歪な形に曲がった脚を引きずる父の姿があった。火傷で爛れている母の姿もあった。煙を吸い込んで昏倒している子の姿もあった。その全てに手を差し伸べて、安全な所まで逃がすように配下に命じた。

火事とは天災の模造品であると源吾は考えている。神仏だけでなく、人も安易に真似ることが出来てしまう。しかしいかに模造品といえども、その威力は真の天災に勝るとも劣らず、それは人々を恐怖の底へと突き落とし、掛け替えのないものを容赦なく奪う。

――それに抗い、守ることが出来る唯一の人種こそ、火消じゃねえのか。

その矜持があったからこそ、己は恐怖を乗り越えて再び火事場に舞い戻った。それなのに目の前の火消たちはどうだ。その目に映るのは、明日も変わらず禄を食む己の姿だけで、今目の前に苦しんでいる人々ではない。

吐息は針のように細くなり、瞑目して上顎を舌で擦る。湿り気を帯びた摩擦音は、今己の中に渦巻く感情を見事に表しているように思えた。

源吾はかっと目を開くと、馬から飛び降りた。そっと大地に手を触れると、辺りの炎に炙られて熱くなっているのが感じられる。

「おい……」

源吾は低く唸りながら、御籾蔵の周りだけをせっせと潰そうとする所々火消の元へ近づいて行った。この地区では筆頭にあたる火消たちである。これまでの事件同様、脅されているのかもしれない。それでも最早太鼓を打たせるしか道はない。

新之助は颯爽と馬を下りて後を追い、彦弥が小走りでそれに続く。星十郎も続こうとするが、鐙に袴の裾が引っかかり戸惑っている。比類無き智嚢の持ち主であるが、やはり躰を駆使することは滅法苦手である。寅次郎が抱きかかえるようにして地に降ろすと、二人してそれを追ってゆく。

「おい‼」

源吾が咆哮すると、新之助は自らが叱られたかのように、片目を瞑って顔を背けた。

「何だ、貴様！」

源吾の態度ならば、相手が憤慨するのも無理はなかろう。向こうからも肩を怒らせて複数人の火消侍が近づいてきた。どの者も加賀鳶にも劣らぬ見事な革羽織を着用し、立派な竜吐水には竹に雀の家紋が仰々しく描かれている。

胸と胸がぶつかり、鈍い音が立つ。源吾はそれでも一歩も退かず顔を近づけると、向こうも顎を引き、額と額までもが衝突した。

「何故、太鼓を打たねえ……」

「当家がいかなる家か存じて申しておるか。それとも家紋も判別できぬ世間知らずか」

鼻で嗤うと、背後の男たちも続いて嘲笑った。虚栄心の極めて強いこの家には、異常なほど家紋の種類が多く、複数ある纏や竜吐水にはそれぞれ違った家紋が描かれている。火事場でこのような無用な話を振ってくることすら、源吾には腹立たしかった。

「竹に雀の他に、十六葉菊、五七桐、蟹牡丹、竪三つ引両、九曜、鴛鴦の丸、薺、雪に薄……さすがに菊や五七桐は火事場には憚られますか。節操のないことで」

後ろから滔々と星十郎が語ると、男たちの顔がより一層怒りに満ちていった。

「先生までこうなったら、もう誰にも止められませんよ」

新之助は呆れたように言うが、自身も源吾の横にぴたりと付いて、別の男と睨み合っていた。

「知って愚弄するか。どこの藩だ」

「黙れ、伊達ばらが」

男の拳が源吾の頬桁を捉え、源吾は大きく後ろへ仰け反った。二発目を見舞おうと振りかぶった男の腕を、寅次郎が鷲摑みにする。

「御先祖様が手を焼いた相手の名も忘れたかい？」

彦弥は鼻を鳴らして半纏の袖を捲った。

仙台藩伊達家の藩祖、伊達政宗が東北に覇を唱えようとするのを、新庄藩戸沢家の先祖、戸沢盛安は数分の一の国力でありながら、幾度も立ちはだかり、夜叉九郎の勇名を轟かせた。両家にはそのような因縁があった。

怪物のような握力に堪え兼ね、男の手は激しく痙攣している。源吾が目で促すと、寅次郎は腕を放した。

「ぼろ鳶か」

「ああ、ぼろ鳶だ。何故、叩かねえ」

源吾が吐き捨てた唾には、赤いものが混じっている。それを見てやり過ぎたと思ったか、男の語調が急に弱々しいものになった。

「心得違いをするな……叩かぬのではない。叩けぬのだ。当家のみならず、この界隈の太鼓は全て叩き割られ、半鐘の類が全て盗まれた」

「馬鹿な……そのようなことを出来る訳がない」

町衆、武家にかかわらず、火消という性質上、昼夜を徹して誰かが番についている。一軒ならまだしも、複数軒にわたって行うことはほぼ不可能であろう。

「我らもそう考えている。おそらく内通者がいるのだろう。考えたくはないが……」

訊けば予備の太鼓まで念入りに破壊し尽くされているらしい。おそらく各藩各火消の誰かが人質を取られ、そのような行動に出たのだろう。回数を重ねるほど、敵は火消への理解を進め、策をより性質(たち)の悪いものに修正してきているようである。

「各々が自らの役目を全うするほか手段は無いのだ。太鼓が無ければ、川向こうの火消は動かん。伝令は走らせた……だが皆が疑心暗鬼になっており、誰も信じようとはせん！」

男は早口で捲し立てる。話している間も、籾蔵が気になるようでちらちらとそちらを見ている。当然である。所々火消として、御籾蔵を燃やせば伊達家はお取り潰しになりかねない。それぞれの任地や屋敷を守備するだけで精一杯であろう。

「独眼竜が草葉の陰で泣いているぜ……」

源吾がぼそりと言うと、男は肩を落として震えていた。それを置き去りに皆の元に帰ると、馬の上にちょこんと残っているお琳に声を掛けた。

「ここからはもう危ない。帰れ」

「お姫様の無事は私から伝えます」

牙八もそれに続いたが、お琳は口を結んで頭を振った。その姿は覚悟を決めた深雪に酷似していた。

「さすが勘九郎の娘か。あいつらよりもよっぽど火消らしい。俺から一寸たりとも離れるなよ」

「ありがとう」

お琳の前に跨りなおすと、源吾は配下に向けて宣言した。

「目指すは木置場。死にたがりの鳥に恰好つけさせるな!」

再び走り出した新庄藩火消を、他の火消は羨望の目で見つめる。そして押し寄せてくる己への嫌悪に打ちひしがれているように見えたが、あと一つの勇気が足りぬようで項垂れるのみであった。

二

勘九郎は死を覚悟していた。

眼前の炎に腕を組みながら相対する。熱波は鼻先を焦がし、捲られた錏(しころ)が翻っていた。ごうごうと鳴る焰の叫びは、地獄へ誘う慟哭のようにも聞こえる。生と死の間とはこのような景観であろう。

「大頭！　とても間に合いません！　二町後退しましょう」

二番組頭清水陣内が進言してきた。その顔には、べったりと煤がこびりついている。

「ならぬ。まだ避難が済んでおらん」

「しかし……このままでは時を稼ぐこともままなりません……」

それでも食い下がる陣内に向けて、屋根の上から軽快な声が飛ぶ。

「清水様ぁ！　腹決めてくだせえよ」

火消番付西の前頭六枚目、七番組頭の「風傑」の仙助である。組頭でありながら今も加賀鳶の筆頭纏師を務め、纏を担ぎながら残る片手で通常の三倍はある大団扇を取り扱う。

「どうせ死ぬんだ。大暴れしてやりましょうや！」

もう足場の家にも火は回っており、元来ならばとっくに飛び退かねばならない。だが仙助は退く素振りも見せずに、特大団扇で掛かる火の粉どころか炎すら煽ぎ、避ける。

「馬鹿者！　退けばまだ戦えると言っておるのだ！」

吠える陣内の目の前を横切るは、三番組頭一花甚右衛門。槍のような長鳶口を使い、手の届かぬ梁も両断して落としていくことから、巷では「椿」甚右衛門の異名を取っている。

「大頭が行けと命じれば、ただ進むが加賀鳶よ」

勘九郎は無言で佇んでいる。陣内は指示に変わりがないと見るや、半ばやけになったように叫んだ。

「ええい。あと四半刻が限度ですぞ」

「頼む」

「改めて聞き申す。全滅は覚悟ですな⁉」

「そのために兵馬に後を託してきた」

補佐役の詠兵馬を始め、半数の頭を残してきている。これで己の亡き後も加賀鳶を立て直してくれるであろう。

「福永を残してきたのは苦しゅうござるな。やつの竜吐水が欲しいところでござる」

「あれは妻を娶ったばかり故な」

「ない物ねだりは止めます」

陣内は自らの頬をぴしゃりと叩くと、逃げる人々を新たに見つけ、救出に戻っていった。脚の悪い老婆、寝たきりの病人などは、家族が肩を貸さねば歩くこともままならず、両側の家が燃え盛る火炎の道を歩かねばならぬ。熟練の陣内ならば炎の間を縫いながら導いてくれる。

勘九郎は奮戦する配下を順々に見渡した。ここにいる者には皆死んで貰わねばならぬ。小言ばかり零す陣内も、子が元服した己こそ連れていくべきと頑強に主張して付いてきてくれた。

――お琳、すまぬ。

歯を喰いしばり赦しを請うた。何度詫びても足りなかった。我が子を見捨てて他人を救う己は、八幡(はちまん)地獄に突き落とされても文句は言えぬ。

一族郎党、炎に滅すとも闘い続ける。それが大音家の歴史であった。今は亡き妻もそれを誰よりも理解してくれていた。その妻が病の発作(ほっさ)に苦しんでいた時、管轄内で出火があった。

――どうぞ。御存分に手柄を。

と、妻は額に珠(たま)のような汗を浮かせながら微笑み、そっと送り出してくれた。それが妻との今生の別れとなった。その妻に年々似てくるお琳はきっと解ってくれる。そう非情とも甘えともつかぬ言い訳を繰り返す。

嫡男を立派に育て上げた陣内、たった一人の身寄りである妹を嫁に出した仙助、不正で腹を切った父の名誉を挽回しようとする甚右衛門、配下の熱意にも同様に甘えている。

陣内は崩れる瓦から身を挺して親子を守り、仙助は火の移った纏を捨てた。甚右衛門はすでに予備の鳶口を振るっている。

夕焼けに無数に舞い上がる黒い灰は、天を住処に帰ろうとする烏のように見えた。間もなく己らも帰るべきところへ帰るのだ。天上には火難はなかろう。今度は三人で暮らせる。そのような気儘を振りかざし、自らも指揮用の鳶口を抜いて、紅蓮の景色へ突貫しようとした。その時、ふとお琳の声が聞こえたような気がした。きっと恨み節が届いているのだろう。

「父上‼」

己の目を疑った。遠くに複数の馬影。先頭はあの小憎らしい男。お琳はそれにしがみついている。無事な姿を見て躰が歓喜に震えたが、口を衝いて出たのは、いかにも冷血な己らしい一言であった。

「何故来た！」

「心配をお掛け致しました！　今こそ加賀鳶が最強とお示しください！」

頬を熱いものが流れ、慌ててそれを拭い去った。いつぶりだろう。ああ、きっと妻を送り出した日、自室でひっそりと哭いた時以来だ。そのようなことが脳裏を駆け巡った。

「よくぞ申した……それでこそ大音家の娘ぞ！」

「ご武運を！」

「そこのぼろ鳶なぞに負けはせぬ」

火喰鳥。何と憎らしいことか。妻のためにも一番の火消であり続けねばならぬのに、それを脅かしてくる。

「礼の一つも無しかい？」

火喰鳥はけろりと笑った。背後から次々と勇壮な鳶が駆け込んでくる。

「遅いぞ。支えておった我らに礼は無しか？」

「口の減らねえ野郎だ。さあ、押し返すとするか」

「無論」

勘九郎は鳶口を腰に納めると、再び指揮棒を取って身を翻した。

「お琳、下がっておれ……必ず帰る」

背後でお琳の啜り泣く声が聞こえた。誇れるものはこれしかない。それさえも奪っては、まことの大馬鹿者ではないか。天は焦がされているのに、たった一つ強く瞬く星を見つけた。その星へ向けてすまぬと詫びて、勘九郎は炎に向かって歩み出した。

三

源吾はお琳を配下に託して下がらせると、急いで鳶を展開させた。本所に攻め寄せる炎は想像以上で、加賀鳶がやっとのことで火除地を作っても、それを飛び越えて家屋に嚙みついていく。火元の木場では、江戸を丸ごと作り直すほどの木材が燃えているのだ。雲霞の如く攻め寄せる敵に、小勢で耐え忍んでいるに等しい。

「星十郎!!」

馬からもたつきながら降りたばかりの星十郎が朗々と語り始めた。

「本日、卯月十四日、刻限は酉。南東から強風。ここを突破されれば北は草木も生えぬ焦土となります。ご存知の通り援軍は期待出来ません。加賀と合力しても当方百五十。ただ堅守するのみ!」

「策も何もねえ！　蹴散らせ！」

源吾の号令で一斉に火に向かっていく。彦弥は墨壺で線を引いたかのように直進すると、燃え盛る屋根に上った。

「まだ居座るつもりかい？」

団扇を旋回させる仙助はからからと笑った。

「ぼろ鳶には荷が重いか」

「馬鹿言うな」

「纏、頼む」

仙助は短く言うと、背を合わせて屋根から地上に向けて指示を飛ばした。梁を叩き落としていく甚右衛門の元には寅次郎が駆けつけ、燃え盛る柱を体当たりでへし折った。

「これのほうが早い」

肩にちろりと移った火を叩きながら寅次郎は言った。

「雑な奴よ。残っておるぞ」

甚右衛門は傾いた梁を長鳶口で削ぎ落とすように除いていく。

人々を誘導する陣内の元には星十郎が介添えする。

「清水殿、このままでは持ちません」

「おお……ようやく話の解る者が来てくれた」

陣内は縋るように泣き顔を作ってみせた。

「二町は退かねば体制を整えられません」

「それよ、それ。だが、我らの頭は退く気がないようじゃ」

「ごもっとも。ならば本拠を叩かねばなりません」

「木場……じゃな。だがこれより南は焰の国。とても分けては行けぬ」

「加賀に船は？」

「なるほど。それはよい……が、当家の船は今国元よ」

「ならば消し炭になるまで防ぐしか道はありませぬな」

「それよ、それ。一人でも多くの明日を救うとしよう」

詩吟（しぎん）のように美しく言い回す陣内であるが、やはり加賀鳶らしく惜しげもなく命を擲（なげう）つ覚悟が垣間見える。

「大頭！　恥ずかし気もなく帰参致しました！」

拝跪（はいき）する牙八を顧みようともせず、勘九郎は指揮棒を杖に前を見据えていた。

「ここに必ず戻ると思い、鋸を持たせた」

「はっ！」

牙八の目から大粒の涙が零れた。

「苦労を掛けた。よほどお主のほうがお琳を想っておる」

「心中をお察し致します……」

「そのような暇があれば、あれを削り取って来い」

「お任せを‼」

牙八は断きのような声で叫ぶと、仲間から大鋸を受け取り狂犬の如く駆け回った。

天下一の軍容を誇る加賀鳶、天下一の泥臭さを発するぼろ鳶、二つの火消組が奮闘する。それを嘲笑うかのように、黒煙を侍らせた焰は乱舞した。

「行け！　一歩も引くな！」

新之助は咆哮しつつ自らも玄蕃桶に水を汲んだ。

「南東の長屋を急げ、牙八！　一軒向こうは……」

手勢が足りずに舌打ちする勘九郎に、すかさず源吾が吼える。

「寅！　一軒向こう！」

百五十人で五百にも相当する動きを見せるものの、じりじりと押されて髪がうねるほどの熱帯となりつつある。

「数が多すぎる！　防ぎきれません！」

新之助は悲痛な声を上げた。見立てはもっともである。すでに本所の各地に火の粉が降り注ぎ、方々で火の手が上がっていた。

「ここに飛び込んで来る酔狂な者はもういねえさ」

この地は三辺を隅田川、荒川、海に囲まれた大きな洲のようになっており、いくら燃え広がっても炎は必ず水に遮られる。つまり本所深川が全滅しようが、それ以外の地は無傷に終わる。家の存続、火消の命を懸けて、やってくる者がいるとは考えられなかった。

「俺は南をやる。新之助、半分連れて東を止めろ」

「割くほどの余力はありません！」

新之助が源吾の指示に対して反論したのは、これが初めてであった。

「まだ逃げ遅れている者もいる。死人が出るぞ」

「半分では、こちらが焼け死んでしまう！」

配下を思ってのことである。己がいない僅か二月の間に、火消としてもう一段高みに上ったように思えた。だが次に上らねばならぬ一段は、残酷で誰もが二の足を踏む。また、容易く乗り越えても火消として不適合といえた。新之助はきっと反対するであろう。かつて己もそうであった。必死に訴える新之助に、源吾は出来る限り落ち着いて答えた。

「その通り。命を落とす者も出る」

「何を言っているんですか！　いかなる命も救うんじゃ……」

「火事場において命の重さに唯一差をつけるとすれば、俺たちとそれ以外。算勘じゃねえ。一人の民を救うのに、三人が死ぬことも厭わん。それが……」

新之助の襟を摑み引き寄せ、瞳から目を逸らさず、最後の言葉を言い放った。

「火消ってもんだ」

源吾が手を緩めると、新之助は身震いして唇を嚙みしめ、一拍の間を空けて声を絞り出した。

「解りました」

「だが、最後まで諦めやしねえ」

火の粉は強風に乗って火除地を飛び越え、幼い炎へと姿を変える。その時点でならば水を掛ければ消せるのだが、圧倒的に人手が足りない。手を拱(こまね)いていると、炎は周囲の餌(えさ)を食い散らして、凶悪なまでの焔(ほむら)に成長してゆく。

——駄目だ。

口を衝いてでそうになるのをぐっと耐えた。弱気になることは滅多にないが、これは状況が悪すぎた。間もなく新庄、加賀火消は炎の輪に絞殺されてしまう。今ならば脱出出来る。だがそれはこれより北の人々を見殺しにするということだ。

家々の間の小路は、窓から噴き出す炎により朱の道と化している。それに目を奪われていると、源吾の鼓膜があり得ぬ音を捉えた。

短く二度、長く一度、また短く一度、そして長く二度。半鐘の音である。

「まさか——」

勘九郎も絶句した。この組み合わせの鳴らし方は、伝説では聞いているものの、今を生きるいかなる火消も耳にしたことはない。今より約百二十年前、明暦の大火の猛威が鎮まった後、時の老中稲葉正則(いなばまさのり)が定めたと伝わっている。しかしこれを打つ権限を持つのは将軍のみと言われ、今日まで一度たりとも打たれてはいない。昨年の明和の大火でも鳴らなかった。故に眉唾のお伽噺(とぎばなし)であったと一時期話題に上っていた。

今なお嫋嫋(じょうじょう)と鐘の音が聞こえてくる。

「府下の全ての火消よ、立ち上がれ……」

勘九郎が鐘の意をぽつりと呟いた。

「北から近づいている……」

熱波で歪む景色の中、確かに火消が向かって来る。全員が徒。町火消である。先頭には鐘楼から外した半鐘を二人掛かりで掲げていた。そして頭が木槌でもって、休みなく鐘を打ち鳴らし続けている。加賀鳶の誰かが叫んだ。

「飯田町万組!!」

「馬鹿野郎……」

源吾は口をへの字に曲げて嘆いた。将軍を装うこの先打ちは、追放で済むはずがない。死罪でも軽すぎるくらいであった。

「これより万組は加勢する！　侍火消に後れをとるな。これが万組頭、魁武蔵の花道だ！」

「おう!!」

万組一同は悲壮な叫び声を上げ、がらがらと五台の竜吐水を前面に押し出した。百名ほどの火消にしては台数が多い。普通ならば一台あるか無いかといったところである。

「てえ!!」

武蔵の号令と共に一斉に放水が開始された。射手の他に前後二人で素早く取り回し、それ以外の者は玄蕃桶を手に給水を続けた。雨続きで掘割には腐るほど水がある。一台につき十五人以上が水を注ぎこむため途切れることはなかった。

みるみる火種は摘み取られ、あの業火が予期せぬ天敵の出現にたじろいでいる。武蔵は火の弱点を的確に指示し終えると、小走りに近寄ってきた。

「すまねえ……」

武蔵の第一声はそれであった。この前の態度からの変わり様に、源吾は混乱した。

「どういうことだ」

「今はこのような場だ。後で詳しく説明する。ともかく正面は俺たち万組が命に代えても守る。新庄、加賀のどちらかで火元を叩いてくれ」

「これを抑えられるか?」

「俺は魁武蔵だぜ」

武蔵は鼻を指で擦る。その笑顔が儚かった。この男もとっくに死を覚悟している。武蔵はさらに続けた。

「それに……間もなく、俺たちの仲間が目を覚ます！」

武蔵に代わって万組の一人が今も鐘を鳴らし続けていた。現に早くも北方から喊声を上げながら向かって来る火消がいる。伊達家の者である。鐘が鳴り、安全が確保出来たから動いた。そのような理由でないのは、伊達火消のくしゃくしゃになった顔から容易に想像出来た。

これでよいのか。何のために火消を務めているのか。そもそも火消とは何なのか。府下の全ての火消が自問自答し苦しんでいたはずであった。誰も将軍が打ったなどとは思っていない。どこかの町火消が火消とは何なのかを示した。それに応えんとする姿であった。武蔵が打ったのは鐘ではなく、火消の心そのものと言ってよい。

「小結、万組武蔵だな。共に行くぞ」

勘九郎が声を掛けると、武蔵はどんと胸を叩いた。

「加賀様と陣を並べられるなんて光栄だ。てえと、火元は頼むぜ……源兄」

八年ぶりかにそう呼ばれた。鼻を啜って大きく頷くものの、その手立てが見えてこなかった。星十郎を呼び寄せて諮（はか）るが、よい答えを持ってはいない。

「先ほど清水殿とも話していたのですが、船があれば回り込めるのですが……よしんば辿り着いても、我ら百名では火元を叩くのにかなりの時を要します」

星十郎の苦悩の独り言を受け、閃くものがあった。

「ある……あるぞ！ それに瞬く間に消す方法も……」

星十郎も気付いたようではっとするが、すぐに小刻みに首を振った。

「駄目です！ 勝手に借り受けるだけでも大罪……ましてやそれを……」

「深雪いわく、千七百五十両。人の命と秤に掛けるまでもねえ！」

源吾は使いをやって今度は新之助を呼び戻し、指揮棒をしごきつつ言い放った。

「死ぬ覚悟はあるか」

「何を今更」

新之助は飄々と言い、両掌を宙に向けた。

「邪魔が入ればお前の力が必要だ」

「荒事ですね。承りました」

馬を二頭曳かせ、それに二人して跨ると、呆れ顔の星十郎に向けて啖呵を切るように言った。

「頼む」

「こちらはお任せを。上手くやってください」

　星十郎は赤髪を靡(なび)かせながら片眉を上げて見せた。

四

　星十郎が代行して指揮をとるぼろ鳶組、炎の依代(よりしろ)を狩り続ける加賀鳶、水神を呼び寄せたが如く雨を降らす万組、そして無数の火消がここに向かいつつある。源吾は彼らを信じて隅田川を再度渡った。そして霊岸島を南へ、江戸湊へと猛進した。

「御頭、後ろを。尾(つ)けられています」

　振り返ると、三騎が連なって駆けていた。どの者も火消装束ではない。いかに大藩といえども、火消以外の江戸での騎乗はご法度である。辻々を何度も折れてはいるが、騎馬たちは付いてくる。新之助の言うように追われているに相違ない。追跡者にはどの道を行くかという一瞬の迷いも生じない。それが距離を縮めた。

「止めます。先に」

　新之助は手綱を引いて馬首を巡らせた。目標に乗り込む時、遮られるだろうことを考えて新之助を連れてきたが、この場合は仕方が無かった。

源吾は腰を浮かせて背後を見た。追跡者はすでに皆が刀を抜き放っている。新之助も抜刀すると、短く気合いを発して逆走した。三騎が新之助と連続してすれ違う。次の瞬間には、二頭が主人を失って暴れ馬と化した。ただ一騎、新之助の放つ光芒を掻い潜った男がいた。あの風早甚平である。取り逃がした新之助は馬の前足を浮かせて反転させると、嘶きと共にそれを追う。道を曲がる直前、そこまでは見えた。

源吾の馬は疲弊しており、いつかは必ず追いつかれる。背後から迫る蹄の音は着実に大きくなってきていた。やがて道は下り坂となり、眼下には藍に魚鱗(ぎょりん)を撒き散らしたように妖艶(ようえん)に輝く大海原が広がった。湊に停泊する弁財船が一隻。田沼肝煎りで造られた鳳丸である。

「新庄藩火消頭、松永源吾！　火急の用にてお借り申す！」

叫んだものの警備の侍が避けるはずがない。ここで降りれば必ずや止められる。ただ、整備をしているのか、幸いにも船に向けて板が渡されていた。

――頼む。助けてくれ。

源吾は鬣(たてがみ)を撫でながら念じた。

馬はそれに応えたかのように、人壁を突き破って渡し板を駆け上がった。

意表を突かれて一人は通したものの、流石に二人目はと警備は身を挺して風早の馬に立ちはだかった。

「一橋家臣、風早甚平。火付けの下手人を追っておる！」

押し問答で皆がそちらに気を取られている間に、新之助は道脇で馬から降り、そろりそろりと板を上がってきた。それを見計らって源吾は板を蹴り飛ばして外した。

「あっ！」

袋の鼠となった源吾は、いつでも捕まえられると思っていたのだろう。侍たちは大いに慌てふためいている。

「御頭、奪ったものの、どうやって動かすのです？」

これほどの船である。多くの玄人(くろうと)無くして動くはずもない。そこまで頭が回っていなかった。冷静沈着な星十郎でも忘れていたほどである。

新之助の言葉に冷静さを取り戻し、恐る恐る甲板を見渡した。いかにも海の荒くれ者といった船乗りたちが、鬼の形相でこちらを睨み付けている。刀に手を掛けようとする新之助を押しとどめ、源吾は大音声で叫んだ。

「あれが見えるか‼」

指の先の木場は業火に包まれて、これから来る夜を妨げていた。

「今、あそこで多くの者が逃げ惑い、俺たちの仲間が戦っている」

「見たら分かる」

船頭と思しき男が拳を鳴らしながら近づいてくる。歳の頃は源吾と同じくらいか。潮風を受けて赤茶けた髪を無造作に結っている。丁度、星十郎から品を奪って、勇壮さを詰めこんだような恰好である。

「あれを消してほしい」

「どうやって？」

「この船を木場にぶち込む」

「なっ――」

この規模の船を岸にぶつければ、天の底を抜いたが如く水を降らせられる。それが源吾の思いついた奇策とも呼べぬ賭けであった。

船乗りたちは声を詰まらせ、船外の侍たちから悲鳴が上がった。ただ船頭だけは眉を微かに動かしたのみである。

「あの手この手を尽くしたが、もうそれしか間に合わねえ……頼む！」

懇請するものの、船頭は仏頂面のままである。

「どうやら正気のようだ」

気が狂れたのではと思ったのだろう。いきなり乗り込んできて岸にぶつけろと言う者を、確かに常人とは思えまい。

「大真面目だ」

「何のために？」

「言ったよな……人を救う」

「それはお前ら火消の都合だろうが。俺たちが手を貸す義理はねえ」

「海の男ってやつは、御託を囀るだけか？」

源吾の挑発的な言葉に、水夫たちは色めき立ったが、船頭が手を挙げると、大人しく拳を下ろす。この船において絶対的な信頼を受けているらしい。

「どういうことだ。返答次第じゃあ沈めてやる」

「海だの、陸だの関係ねえ。人が人を救うのに理屈がいるか！　男が男を恃むのに訳がいるか！」

水夫全ての顔が紅潮する。陸からは絶え間なく罵声が飛び、鉤縄を用意して取り付くつもりであるらしい。

「田沼様はこの船はこの国の希望だと仰った」

「俺も田沼様には面識がある。田沼様の謂う国とは、そこに生きる人々のことだ！」

「確かに面識があるようだ。田沼様の仰りそうなことよ。だが無断に変わりはない。その時は、腹切る覚悟だろうな」

「当然だ」

源吾から視線を外さずにいた船頭は、急に振り返ると、潮焼けした喉を鳴らした。

「野郎ども、出すぞ！」

すでに船乗りたちも驚きはしない。こうなることを途中から気付いていたようだ。朴訥（ぼくとつ）と頷く者、不敵に笑う者、苦笑しながら頭を掻く者、あっという間に持ち場についた。

「私たちに似ていますね」

新之助はくすりと笑った。頭が無茶を言い、皆それに従っていると言いたいのだろう。

「悪かったな」

「いいえ、皆に信じられているということです」

「嬉しいことだ」

　源吾は愛想なく答えると、視線を天へと移した。何を求めているのか、もう日も暮れるというのに海猫が木場の近くを旋回している。

　水夫が配置につくのを確かめると、船頭は出港を命じた。大きく、それでいて柔らかく船は動き出す。海風であるため初速からかなりのものである。

「あんた名は？」

　船頭が無精髭(ぶしょうひげ)を掻きながら尋ねてきた。

「新庄藩火消方頭取、松永源吾」

「納得した、ぼろ鳶か。海にもその悪名は伝わっているぜ。俺は櫂五郎(かいごろう)だ」

　櫂五郎は水夫たちに威勢のいい言葉を投げつけさらに急かす。離れていく陸では、警備の侍たちが周章狼狽(しゅうしょうろうばい)しており、喉を嗄(か)らして叫ぶ者、茫然自失で立ち尽くす者、中には波を蹴立てて、海まで追わんとする者までいた。

「あいつがいない……」

　新之助がぼそりと呟いた。その直後、船尾から驚いたような声が上がり、続いて大きな水音が立った。

「何だ、あいつはよ」

櫂五郎が受け口を作り、睨み据える。

風早甚平。恐るべき執念である。警備の侍が用意していた鉤縄を奪って、船縁に引っかけ、上ってきたのだ。運悪く艫と呼ばれる船尾にいた船乗りは、予期せぬ襲撃者によって海へ突き落とされたらしく、泳いで岸を目指すのが見えた。

鉤縄を掛けたところで、船に引きずられたのであろう。全身がずぶ濡れで、ずるりと水痕を残して歩く様は幽鬼そのものであった。

「念のため火事場を見張れば、なぜか貴様らがいるではないか……」

風早は息が漏れるように囁きながら近づいてくる。その不気味さに皆が凍り付いている。

「しぶとい野郎だ……」

「そのまま返す。急に貴様が離れたので、またくだらん事を考えたのかと思えば……つくづく諦めの悪い……」

櫂五郎がどんと甲板を足で踏み鳴らした。

「てめえ、この数相手にやるつもりか」

船乗りたちもそれで我を取り戻し、手近な棒や網を構える。風早の忍び笑いは、やがて風音を掻き消すほど大きくなった。けたけたと笑い続ける風早に、櫂五郎さえ身震いを隠せないでいた。

「やるつもりだ。皆殺しにしてやる」

風早の目は血走り、眦（まなじり）は吊り上がっている。櫂五郎は震える腕を抑え込み、唾を飛ばして言い返す。

「そうこうしている間に木場だ。間に合うかよ」

「百……百数える間に殺して舵（かじ）を切る。それで終わりだ！」

風早が刀を抜き放ったと同時に、待ち構えていた船乗りが網を投じた。刀が逆袈裟（ぎゃくけさ）に走り、網が真二つに断ち切られる。風早は生じた穴から飛び出ると、船首に向けて猛進した。次々に網が投げられるが、風早は船縁に飛び乗り、猿（ましら）のように疾走する。近くの二人が棒を構えて遮ろうとした。

「勝てる相手じゃねえ！」

源吾も刀を抜いて向かうがとても間に合わない。

「脂が巻くと厄介よ」

風早の動きは常人の域を超えていた。人を飛び越えて襟を掴むと、またもや海へと投げ込んだ。残る一人が無我夢中で繰り出した棒は牛蒡（ごぼう）のように断ち切られる。絶望の涙を流す船乗りに、風早はにたりと笑って刀を振りかぶった。

「おい」

はっとして風早が振り返った時、新之助が腰に手を添え、雷の如き速さで迫っている。その距離は三間、振り下ろすまでに間に合わぬと注意を引いたのである。

走りながらの居合いと、風早の唐竹割が交わって、火花を飛ばした。

「またか……」

「まただ」

「貴様らは何なのだ！」

風早の口辺に泡が湧いており、鬼の形相で鍔迫り合いを演じた。新之助も両手で抗うが、やはり風早の力が強く押し込まれる。

「ぼろ鳶だ!!」

新之助は鞭のように脚を払おうとするが、風早は舞うように軽やかに躱した。

薄暗い宵口、宙に閃光のような白線が躍り狂った。両者の刀は飛び交う度に、乾いた金属音が生まれ、錆び鉄のような異臭も漂う。目にも留まらぬ攻防に、皆が手を出せぬまま呆然と見守った。

風早は百を数える間に皆殺しにすると言った。その修羅のような動きを見れば大言でないことが分かる。とても己が刃向かえる相手ではない。新之助が止められぬならば悪夢は現実となる。

またもや刀が嚙み合った時、風早は奇声を上げて頭突きを見舞った。吹き飛ばされるほど強烈な一撃に、新之助の額からは血が流れた。

「化物め……」

すかさず立ち上がって大きく間を取る新之助に、風早は鼻を鳴らして応じる。

「どちらが化物だ。殺そうとせずにそれかよ」

「な……」

源吾は吃驚して刀を取り落としそうになった。とても手を抜いているようには見えなかった。常人には見て取れぬ機微も、達人には視(み)えるということか。

新之助が殺そうとしない訳はいかなる命も守るという、己の教えを守っているからだろう。この火消の矜持は、剣士にとっては呪縛になりかねない。

「新之助……構わ――」

言いかけるのを、新之助は制するように遮った。

「御頭がそれを言っちゃいけない」

善人の命は尊い。悪人の命は軽い。仮にそうしよう。では誰が善悪の色分けをするのか。世の安定を図るために誰かがやらねばならないのかもしれない。しかしそれはいかなる命も平等に扱う新庄藩火消とだけは相容れぬ。たった一言で新之助の意を悟った。

「あと五十。そろそろ死ね」

風早は鋒で甲板を掻きながら近づいてくる。新之助は柳が風を受けるようにしなやかに、刀剣を鞘へと戻していく。

「やはり……そうくるか」

さらに風早から言葉を投げかけられるが、新之助は押し黙っていた。木場の岸が近づいてきている。炎の灯りが仄かに横顔を照らしている。風早が間合いに入ろうとした時、緊張に引き攣っていた頬がふっと緩んだ。

「はにゃ方様のほうが怖いや」

ぽつんと呟くと同時に、新之助の腰間から閃光が放たれた。残像が弧を描いて宙に漂う。それには禍々しさは一切無く、惚れた女と眺める三日月のように、切ないほど美しかった。

風早は何が起きたのかさえ解らず、首を左右に振った後、胸元に視線を落とした。すうと刻まれた薄い線から、沸々と血が溢れ出てくる。

「ああ……」

後ずさりする風早の頬桁を、戻ってきた刀が捉え、どっと横に倒れ込んだ。

「縄を！」

新之助の声に皆が一斉に取り掛かり、蓑虫のように縄を巻き付けていく。

「死んだのか……？」

「傷は七分（約二・一センチ）といったところ。今の一撃は峰です。死にはしませんよ。御頭は経験ないかもしれませんが……斬られた側は過大に深手と思い込むものです」

新之助が刀を鞘に戻そうとするので、源吾は慌てて懐紙を取り出そうとした。

「ああ、もうこの鞘は駄目ですから」

新之助は残念そうに鯉口を見せた。周囲にべったりと血が凝固している。居合いは刀を鞘で滑走させる技である。これほどの汚れがありながらあの神速の太刀筋を見せるとは、源吾の想像以上の腕なのかもしれない。

「助かった……あんた凄えな」

燿五郎は嘆息を洩らして褒めちぎった。

「間もなくですか⁉」

新之助は明るい声を発して船の先端、舳へと駆け出していった。その様はまるで隠れ鬼に興じる童のように無邪気である。櫂五郎も同じことを思ったのであろう。苦笑しながら舵の元へ進んだ。

「松永様、でかい波を起こしたほうがいいんだな?」

「ああ。大きけりゃ大きいほどいい!」

源吾も櫂五郎の元へと歩んでいく。

「剣の兄さん、思い切り舵を切るから舳から離れな!」

船首を当てるのではなく、側面で岸を抉ればより高波を起こせる。そう櫂五郎は説明した。

新之助は前を見据えたまま二、三歩下がる。それを見計らって櫂五郎は舵に手を掛けた。源吾は憎らしく燃え盛る炎を睨み、そしてその先で死線を支える多くの仲間に想いを馳せた。あっと驚くような声が上がったが、丁度船が揺れたことが理由だと思い、気にも留めなかった。

「あんたも無茶させ……」

振り返った櫂五郎の顔に一瞬のうちに影が差し、腕を思い切り引かれた。よろめく脇を駆け抜けたのは得体の知れぬ野獣のように見えた。それは砲弾のように、無人となった舵を根本からへし折った。

「風早!!」

源吾は咆哮すると刀を抜き放った。胸の傷だけでなく、体当たりした時に額が割れ、とめどなく血が流れていた。風早の手には僅か七寸ほどの匕首（あいくち）、隠し持っていたこれで縄を切ったらしい。無我夢中で斬りつけるが、そんな玩具（おもちゃ）のような得物でも風早は難なく捌いた。

「もうこれで舵は……」

息も切れ切れに風早が言う。

流星。その時視野の端に捉えたそれは、そのように見えた。天を舞った新之助が刀を振り下ろす。絶叫が船内に奔る。割れた額を峰で打たれた風早は激しく噎（む）せかえり、口から黄味がかった液体を撒き散らした。

「ばた本……千りょ……両、どの……」

風早は正気を失っている。白目を剝いて意味不明なことを口走ると、両手を振子のように回しながらよろめき、船縁に凭（もた）れ掛かったかと思いきや、ぐるんと天地逆様（さかさま）に海へと落ちて行った。

泣きながら取り縋る船乗りを振り払い、櫂五郎は悲痛な声を上げた。

「駄目だ！　岸から逸れる！」

舵を切り過ぎたままへし折られたのだ。このままでは永久に海面に弧を描くのみである。

「風は⁉」

この弁財船には帆が張られている。それを駆使してどうにかならぬものかと訴えるが、櫂五郎は頭を振った。

「無理だ……東から吹いていれば持ち直すが、風は岸に向けて真っすぐ強風……回り続けちまう」

「東からどれほど吹けばいい」

「ほんの少し……ほんの少し吹けば」

櫂五郎は神仏に祈るように拳を額に押し当てた。

「吹かせてやる」

源吾は低い声で言うと、続けて船内を指差して嗄れた声を絞り出した。

「何でもいい！　燃える物はあるか⁉」

「行燈用の菜種油が……」

船乗りが困惑しながら答える。

「全部持って来い！　急げ！」

　見えない壁に撥ねられたように、皆が同時に行動に移す。櫂五郎は気が狂れたのではないかと訝しんでいる。

「どうするつもりだ⁉」

「火を付ける」

　生涯口にしないと思っていた科白を口にした。

「なるほど！」

　新之助は鞘に納める時も惜しんで、刀を投げ出すと皆を手伝い始めた。

「船底近くの右舷を燃やす。すると天に風が吹き抜け……」

　星十郎の受け売りを説明しようとするが、櫂五郎は理解出来ぬとみえ、端的に聞き返してきた。

「すると東から吹くんだな⁉」

「間違いねえ！　急げ！」

　菜種油の入った桶をずらりと右舷後方に並べると、皆を船底から退避させた。船尾は入り口から遠く、火を投げ入れるだけでは届かない。松明(たいまつ)を手にすると、居残ろうとする新之助に向けて言った。

「お前も行け。万が一のことがあれば、誰があの馬鹿どもの面倒を見る」

「しかし……」

「俺にも格好つけさせろ。親父になるんだからよ」

新之助はにこりと微笑むと、甲板への梯子を駆け上がった。

――たまには力を貸せ。

松明に宿る橙（だいだい）の揺らぎに語りかけ、それを桶の中へと放り投げた。身を翻して出口を目指す。ごうと火が音を立て、追いかけてくるのがはきと分かった。梯子に取り付いた時、別れを惜しむように踝（くるぶし）に炎が纏わり付く。

「御頭！」

伸ばされた新之助の手をしかと摑むと、ぐいと引き上げられた。

脛（すね）まで上がってきた火を掌で払い消すと、源吾は立ち上がった。新之助の腰にしがみついていた船乗りは、誰より先に喜びの声を上げ、船上に歓喜が伝播した。

「櫂五郎！　どうだ⁉」

「本当だ……船が戻る」

船は右舷から押される格好となり、舵を戻していく。櫂五郎は手近な場所に摑まるように指示を飛ばす。

木場はもう目前である。邪魔する者は一人となく、悠々と燃え盛っていた災いが戦慄するのが分かった。

「いけーーー!!」

鳳丸が岸を鋭角に抉り、途方もない轟音が立った。大地を引っ掻く。そのような表現が最も相応しい。底から突き上げる衝撃に尻が浮いた。

天高く舞い上がった海水は、木置き場に豪雨と変じて降り注いだ。水煙が立ち込め、息をするだけで塩味が口に広がる。焔の断末魔が響き渡り、灰神楽が四方八方に広がった。

「伏せろ!」

灰は熱を抱いたままである。肌に受ければ爛れ、それが全身であれば命を落とす者もいる。井守のように甲板に張り付く頭上を、灰の嵐が無念の嘆きを発して吹き抜けていく。

「どうだ……」

生温い蒸し風呂のようになったのを見計らい、源吾は立ち上がった。霞む景色の向こうに火の色はない。海風が絶え間なく吹き続け、やがて霞が晴れるように景観が戻って来る。

「御頭！　これは……」

新之助は食い入るように見渡した。その目は潤み、喜びが抑えられないでいる。

「やったぞ‼」

源吾は拳を固く握りしめて哮り立つと、わっと歓声が沸き起こった。

人の力を借りて猛威を振るった火結神は、やはり人によって呼び出された海神により息の根を止められた。炎は見事に勢いを失い、火元にあった木材などは、消炭になって雫を滴らせている。未だ周囲に火が残っている箇所はあるものの、どれも幼い火に退化し、弱々しく蠢くのみであった。大部分の炎が消えたことで、闇がそろりと戻ってくる。

甲板には跳び上がって板を踏み鳴らす者、尻餅をついて安堵する者、また肩を叩き合って泣き咽ぶ者もいた。

船尾につけた火は大いに広がり、もう消すことは出来ない。その道の玄人である源吾は誰よりも判っていた。

「すまない……鳳丸は……」

詫びる源吾に構わず、櫂五郎はいつまでも喜ぶ水夫たちを一喝し、船底に穴を穿った後、退避することを命じた。

「この浅瀬だ。傾いていずれ火は消える」

それでも後ろ半分は燃え果てるだろう。船の事は詳しくはないが、再起不能であることは確かである。そしてここを任されている櫂五郎も、何らかの罰を受けるはずである。頭を垂れる源吾の肩に、櫂五郎はぽんと手を置いた。

「あんた本当にすげえな。俺も江戸を救ったって、自慢していいかい？」

「ああ。お主らの力あってこそ止められた」

「なら、よしとするか」

櫂五郎は鞣革（なめしがわ）のような褐色の肌から、白い歯を覗かせた。

縄梯子を取り付け、皆が下りて行く。船頭は最後まで残るのが掟（おきて）らしく、先に源吾や新之助を行かせようとする。

「まだお仲間が戦っているんだろう？　千両役者が戻らないでどうする」

「まさか、船と共に死ぬなどとは言うまいな」

源吾は梯子に脚を掛けたまま上を見上げた。

「覚悟はある。が……今じゃねえ」

「分かった。世話になった」

「俺は万里の波濤を越える男だ」

櫂五郎は松明を掲げながら東の海を指差し、にかりと笑った。

「似たようなことを言う女もいるぜ」

既に足を動かしており、浅瀬に飛び降りた。脛を小さな波が濡らす。

「そんな女がいるなら、是非会ってみてえもんだ！　たとえ異国でも行ってやるからよ！」

波音に負けぬよう口に片手を添え、櫂五郎は大声で叫んだ。

「船は要らねえさ。芝の俺の家に来い！」

源吾はそう言うと身を翻し、新之助と共に走り出した。櫂五郎からは何も返ってこなかった。大袈裟な驚き顔をつくって、潮風のような乾いた笑い声を上げているのだろう。

五

新たな火の供給が断たれたことで、炎は残る手勢だけ一塊となって北進した。人に譬えるならば野戦の途中に背後の城を落とされ、いきり立って正面へ突撃するようなものである。もし炎に意思があるならば、水と謂う天敵には敵わぬと見て、弱く脆い人を呑みこまんと求めているようにも見えた。

それは間違いではない。人は沸かした湯ほどの熱さでも絶命し、副産物である燻煙で喉を詰まらせる。

ただ誤算があったとすれば、待ち受けていたのが、人中にあって唯一火を恐れぬ者たちであったということである。

源吾と新之助は東から回り込んで本所に出ようとしたが、そこまで行くまでもなかった。火消たちが深川界隈まで一気呵成に押し戻していたのである。その夥しい数、長年火消を務めている源吾でも見たことがないほどである。

伊達の所々火消、黒田、有馬、市川などの八丁火消、方角火消大手組に旗本の定火消、そして町人の町火消。そして消防支援の色が濃い飛火防組合の姿も見られた。

これぞ火消の見本市。限られた一箇所に現れた火消の数としては、開府以来最高ではないか。

それであって混乱を来さないのは、加賀鳶「八咫烏」の大音勘九郎が一手に指揮を執り、新庄藩の「赤舵」の加持星十郎がそれをおおいに補佐しているからに他ならない。

また「魁」武蔵の率いる飯田町万組が、絶え間なく放水を続けて道を開き、その名の通り皆を導くように先陣を切っていた。

本陣を目指す源吾と新之助に方々から、労いの言葉が掛けられた。

「星十郎！　代わる！」

短く呼びかけると、星十郎は振り返り、大きな溜息をついた。

「酷く疲れました。鳥越様の気持ちもよく解ります」

「そうでしょう？　もう少し労わってくださいね」

新之助は締まりのない顔つきで笑った。緊張感がない訳でもなかろう。だが、もう成長した新之助には、この火事が間もなく終わることが視えている。

「御頭、見事でした。お咎めは皆で受けましょう」

星十郎が疲れた表情で微笑んだ時、近くで指揮棒を振っていた勘九郎が喚く。

「戻ったなら手伝え。松永」

「もうとっくに終えたもんだと思っていたが、八咫烏も衰えたか？」

いつか自身がこの男から言われたことをそのまま返すと、勘九郎は大仰に鼻を鳴らした。口角が僅かに上がっている。

「ぬかせ。俺は西から行く。東から挟め」

「まだ働かせるかねえ……」

源吾は億劫そうに言うと、朝から随分と生えた顎の無精髭を撫でた。

「覚悟せよ。冥府へ送ってやる」

最後の力を振り絞る炎に向け、勘九郎は忌々しげに言った。

「ああ……喰ってやるさ」

源吾は両腕を一杯に広げながら炎に向かって行く。

影が二つ。八咫烏の長い尾は風に吹かれ流れ、火喰鳥の広げた翼の影と交わる。それも一瞬のこと、誰よりも炎を憎む二羽は左右に分かれ、朱に染まる大地を飛翔するかの如く駆けて行った。

深川で炎を打ち倒したのは亥の刻のことであった。加賀藩を主体とした武家火消が東側の家々を壊滅させて追い回すと、新庄藩を先頭に町火消が西から締め上げて圧倒した。

そこからさらに二刻、種火の一つさえ残さんと、皆で木場から本所に掛けての焼けた区域を隈なく見回った。

日もとうに変わった丑の刻、ようやく解散となり、酷く疲れ切った源吾のもとに、煤に塗れた武蔵が近づいてきた。

「久々の同じ現場だったが、やっぱり源兄はやるな」

武蔵の口調は昔、共に過ごした頃のように戻っている。

「何故……」

「来た理由かい？　聞いたって言っただろう」

「そうではない……あの鐘を打つということがどういうことか解っているだろう⁉　ましてやお前は謹慎の身だ！」

怒鳴って詰め寄ったが、武蔵にたじろぐ気配は微塵も無く、八重歯を見せた。

「火事場で火消が命を懸ける。当たり前のことじゃあねえのか？　あの日の源兄のように」

「何故それを――」

「やっぱりそうか」

「ああ……何で言っちまうかな」

源吾はかまを掛けられたことを察して頭を掻きむしった。武蔵は源吾を訪ねた翌日、やはりどうしても気にかかって、万組の前の頭の元を訪ねて真相を問い詰めた。その懸命な姿に、源吾に口止めされていた前の頭もついに観念したという。

「聞いたぜ。その手の甲の火傷、俺を助けにきてくれて負ったらしいな。その前に脚は……」

「袋叩きにあったときに手酷くやられてな。今ではまともに歩けるまでにはなった」

「俺はあの時、助けに入ったはいいものの、あまりの煙に朦朧として気を失っていたろう。夢か現か源兄が助けにきてくれたような気がしたのさ。何で本当のことを言ってくれなかったんだ……」

「俺はどうせ誠になる身だった。足を洗うつもりでいたのさ。俺のせいで亡くなった人もいた。お前も危険な目にあった。恩を着せるどころか、罪を着なければならねえさ」

「俺は馬鹿だ。ずっと源兄を裏切り者だと恨んでいた」

武蔵は両眼を閉じ無念そうに言った。その姿は鏡の中の己を見ているようであった。

「お前も大人になったな」

源吾は口走りふわりと笑った。

「何で笑うんだ」

武蔵は拗ねた口調で言うと口を尖らせる。

「そのようなことはどうでもいい。お前は己の心配をしろ。相変わらず後先考えないやつだ」

「誰に似ちまったのかね。憧れる男を間違えたか」

「大いに間違ったな。……江戸払いに落ち着くといいが。まあ、俺も人のことは言えねえが」

駆けつけた火消たちは、火消の魂を思い出させてくれたと武蔵の手を握らんばかりに感謝し、おおいに褒め称えた。そして必ずや助命の嘆願書を出すと約束してくれたのは一家や二家ではない。そこに真実を知る田沼も加われば死一等は減ぜられるだろう。

「江戸払いになったら大坂で臥煙でもやるよ」

臥煙とは鳶と同義で、単年契約の下級火消のことをいう。確かに武蔵の腕ならばどこでも火消として務まるであろう。過去同じ境遇になった源吾よりも遥かに逞しいようで安心した。もっとも武蔵も精一杯強がっているようで、澄み渡った江戸の空を見つめる目はどこか寂しげであった。

六

左門が急遽訪ねて来たのはそれから十日後、暦は卯月も間もなく終わるという頃であった。

「武蔵の処分が出たぞ」

「どうなった！」

急いで伝えにきてくれたのであろう。左門は息を切らしていた。深雪が水を差し出すと、左門はそれを一気に流し込み、落ち着きを取り戻した。

「万組を解き放たれる」

「それで」

「それだけだ。他にお咎めはない。江戸払いすらないぞ！」

源吾は喜びから思わず拳を握り締めた。横にいた深雪の顔もぱっと明るくなり、二人顔を見合わせた。

「嘆願書が効いたか」

「聞いて驚くな。その数、武家火消十八家、町火消三十四組。前田家、伊達家を始め錚々たる面子よ」

「それは凄い……」

左門は興奮しつつさらに続けた。

「まだあるぞ。鵜殿殿が一番初めの先打ちは己に責があると、洗いざらい吐露して助命を請われた」

「あいつがか⁉」

鵜殿が妬心に駆られて袋叩きにしたことで、源吾は太鼓を打てず、武蔵が勝手に鐘を打つ原因を作った。先日会った時には随分雰囲気が変わったと思っていたが、そこまでするのは余程勇気のいることである。

「お主や武蔵を見て思うところがあったのだろうよ。ようやくあの方も火消になったようだ。主君松平隼人様を通して謹慎を願い出た」

「謹慎だけというのが小物のあいつらしいな」

源吾は苦笑いしたが、好ましく思っている己に気が付いている。散々な目にあったには違いないが、あいつがいたからこそ今己はこうして左門と話していられるのだ。

さらに武蔵にとって有利に働いたことがある。江戸の庶民はあの半鐘を本当に将軍が打ったと思い、流石将軍様、と敬慕の心が高まっている。それは幕府としても、願ったり叶ったりで、わざわざ否定することはなかった。

「それで江戸払いから一等下げて、召し放ちというわけだ。奉公構いは出ておらん」

奉公構いとは武家において再就職を妨げるものである。町人の武蔵には関係ないかも知れぬが、敢えて左門はそう付け加え、源吾の顔を凝視した。

「まったくお前がお人好しで助かった。しかし金はあるのかい」

新庄藩の内実は苦しい。源吾の禄も借り上げという名目で半分ほどしか払われていないのだ。

「足りないとあれば当家の禄を削ってください」

いきなり深雪がそう言って割り込んできた。以前の新之助たちならば仰天するところであろう。

「よくぞ申した」

そう言って視線をやると、深雪は眉を開いて自慢げに微笑んだ。

翌日、源吾は武蔵が住む長屋を訪ねた。大きな声で呼ばわると引き戸が開いた。武蔵は目の前の光景に声が出ぬといった様子である。

「元万組頭の武蔵に相違ないな」

そう言った源吾は裃を着用し、その脇には同様に紋付き袴の新之助、星十郎が控え、さらにその背後に寅次郎、彦弥が畏まっている。

「源兄、いったい何の冗談だい」

武蔵は狐に摘まれたような表情であった。行李に荷を詰めている途中であることが、戸口からも見て取れた。

「やはり江戸を離れるつもりか？」

「ああ……誘ってくれる町火消もあったが、万組に悪いからな。大坂でやり直すつもりだ」

確かに武蔵ならば腕一本でどこでもやっていけるだろう。

「お主を当家の火消として迎えたい。食い扶持は万組の時と同等用意する」

「俺は武家火消が務まるほどの品はねえさ」

寅次郎と彦弥が顔を見合わせて笑うものだから、武蔵はむっとした顔をした。

それを察した星十郎が穏やかに語り出す。

「お気を悪くさせましたな。この者どもが笑ったのには悪意はありませぬ。御存知でしょう？　我らが何と呼ばれているかを」

「ぼろ鳶組……」

「かろうじて品格を保っているのは私だけかと」

星十郎の諧謔に、思わず武蔵も笑ってしまった。

「しかし万組に迷惑をかけちまった俺が……」

思い出して項垂れる武蔵に、新之助が陽気に声を掛けた。

「心配ご無用です。昨日、万組の皆さんが当家へ来られ、武蔵さんのことを頼んでゆかれました」

昨日の昼、万組の連中が十数人で教練場に押し掛けて来た。その人数からすわ喧嘩かと思ったが、一人の男の目配せで一斉に地に膝を突いた。

「御頭をどうぞ新庄藩で拾ってやってください……か」

武蔵の目が潤んでいた。武蔵は昔から源吾に憧れていたこと、そこから失望させられたこと、そして真相を知って源吾へ畏敬の念を取り戻したこと、誰よりも傍で見ていた配下たちは知っており、後を託すのはここしかないと話し合ったらしい。

「左門が礼を持って迎えろというからこのようにしたが……いいから来い。温情でも何でもない。お前が必要だ」

源吾は紋付きの袖を肩までまくり上げて粗雑に言った。

「仕方ねえお人だなあ……」

武蔵はしばらく黙っていた。考え込んでいたわけではないのだろう。天を仰いで額の辺りをごしごしと掻きむしり、江戸の空気を吸い込んでいた。そして頭を下げると一言漏らした。

「よろしくお頼みします」

「あーー、やはりそうなってしまうかぁ……」

急にそう言って頭を抱え込んだのは新之助である。ずっとここに来るまで気乗りしていなかったのは新之助であった。

「馬鹿。武蔵が加わるのはまずいのではと勘違いするだろう」

源吾は肘で新之助の肩を小突いた。

「だって、武蔵さんとてつもなく優秀だったじゃあないですか。私のいる意味がどんどん無くなっていく……」

何故乗り気でなかったのか合点がいって皆が大きく頷いた。武蔵も意味を理解し、からからと笑いながら口を開いた。

「鳥越様でしたな。源兄から聞いていますよ。先日手並みを拝見致しましたが、とても火消になられて一、二年とは思えませんでした。今年の番付、上がるんじゃねえですか？」

「まことですか！」

　新之助は身を乗り出して尋ねた。

「まこともまこと。きっと江戸の娘たちもほっとかねえでしょう」

「ふふふ。ですって」

　新之助は一瞬にして機嫌を取り直してにこやかな表情になった。各々、武蔵と視線を交えてくすりと笑ったが、新之助だけは気づかずに照れている。武蔵には星十郎とはまた違った、庶民ならではの知恵がある。このようなところも源吾が買っている理由の一つであった。

「で、源兄……いや御頭。鳥越様は頭取並ということで、俺の直属の組頭様はどなたで？」

　今度は武蔵以外の皆が笑ってしまい、武蔵は取り残されて怪訝そうな顔をしている。

「方角火消桜田組新庄藩。これより一番組頭は魁武蔵だ。水番も兼ねて貰う」

武蔵は己の鼻に指を当ててたまげている。

「いくら何でも抜擢しすぎだろう⁉」

「命を懸ける役目だ。最も良い形でなくちゃならねえ。こいつらはお前の手並みを見ている。それにそんな小さなことを気にするやつらじゃねえ。もっとも例外はいるが」

源吾はそう言って新之助をちらりと見たが、先程の言葉の余韻に浸っている新之助の耳には都合の悪いことは入らないようである。

武蔵は大きく息を吸って深々と頭を下げた。

「命を賭して働きます。皆々様よろしくお引き立てください」

身形を整える間もなかったか、月代に毛が伸び始め旋毛が出来ている。きっと救われたのは武蔵ではなく、どこかで過去を引きずっていた己のほうかもしれない。視線を武蔵、そして周囲の者たちに移しながら源吾は穏やかに微笑んだ。

七

源吾の元に田沼家へ伺候せよとお達しが来たのは、それから間もなくのことで

あった。最近では大概のことにも驚かぬ新庄藩重役の面々も、

――鳳丸を沈めた。

と、いうことを聞いて泡を吹いて失神する者もいた。

左門はお主と運命を共にすると言ってくれたが、それでも顔面蒼白で小声で己を叱咤していた。

「別れをしておいてください」

出立の間際、深雪はそう言いながら源吾の手を腹へと導いた。ようやく父になる覚悟が決まったつもりが、また揺れ戻されて日々不安になっている。それほど男にとって父になるということは難しいらしい。ひょっとすると生まれた後も迷い、子と共に父になる道程を歩んでいくのかもしれない。

「大丈夫。帰って来られる」

ただで済まないことは解っている。好材料が少ないという意味では、武蔵よりも己のほうが状況は厳しかろう。新庄藩を召し放たれ、また浪人暮らしに戻ることは覚悟していた。

しかし深雪は、公儀の金で造った船を沈めては、いくら田沼といえども切腹を命じられるだろうと、哀しげな声で言った。深雪は目尻を袖で押さえ、覚束ない

足取りで家の中へと消えていく。

　この手の見立ては、己よりも深雪のほうが遥かに優れている。覚悟の位を一段上げねばならぬようだ。

　田沼家の門番の沈痛な面持ちを見て、その考えはますます強くなる。

　――帰れぬかもしれぬな。

　大火の時のように即座に牢に放り込まれることもあり得る。不安を胸に案内され、奥の座敷に通された。瞑目して腕を組む田沼は、人払いを命じた。

「座れ」

「はっ……」

　重々しい語調に身が震えた。

「何の件か解るな」

「鳳丸……でございますな」

　田沼は咳（しわぶき）を一つ落とすと、片目だけ開いて睨み付けた。

「あの猛火を止めたことは評価しておる。だが……覚悟は出来ておるな」

　どうやら最悪の事態を招いたと知り、脂汗が一気に噴き出す。

「無念でございます」

口を衝いて出たのは意外な言葉であった。今までなら覚悟の上と啖呵を切ってきた。しかし、生まれてくる子に一目会いたいという想いが、その言葉を自然と選ばせた。

項垂れる源吾の頭上を田沼の渋い声が越えていく。

「子に会いたいか」

「は……」

まだ名も無い子のことを思い浮かべると、畳にはたはたと涙が零れた。己にもやはり父性の欠片はあったらしい。

「子が生まれるまで、飯炊きや洗濯を手伝うか」

「それは……はい」

「ところ構わず屁を捻り出す癖を直すか？」

「え……？」

「深雪殿を大切にするか」

顔を上げると田沼はにたにたと笑っていた。

「どういうことで……？」

「くくく……お主が父になる覚悟がなかなか決まらぬと『山本』に相談があって

なあ。深雪殿と共に諮って一計を案じたのよ」

全身から力が滑り落ち、諸手を畳に突いた。聞くところによると、「山本」は田沼に上手く立ち回ってもらう故、深刻な面持ちで送り出せと申し付けたらしい。

「お人が悪すぎますぞ……」

「だが、よくぞあそこまで壊してくれたな。幾ら掛かったと思っておる」

「見当も付きませぬ。千七百五十両でしょうか?」

深雪の見積もりを思いだして言ってみたが、田沼は眉を持ち上げて驚いている。

「ぴたりと当てるのう」

「家内が……」

「さすが勘定小町よ。ますます気に入ったわ」

田沼は腹を抱えて笑っていたが、ふと真面目な顔つきになった。

「処罰の件だ」

源吾は畏まって話の続きを待った。

「あれはたまたまお主らが乗り合わせた時、たまたま強風に煽られ、たまたま木場に座礁し、たまたま炎を消した。そう擢五郎が頑として譲らぬ。よって事故として不問とする」

「櫂五郎が……」

「あれはお主をひどく気に入ったようだ」

櫂五郎を始め鳳丸の水夫は皆口を揃えてそう証言したらしい。

「おかげで、容易く沈む船を造ったと陰口を叩かれておるわ」

「申し訳ございませぬ」

もう平謝りするしかない。源吾は頭をこすり付けて詫びた。

「鳳丸はまた造るぞ。何度でも甦る船にする。故にお主にあやかった名をつけたのだ」

童のようにはしゃぐ田沼に源吾は見惚れた。このような男がこの国を支えていると思えば、いかなる苦難が来ようとも、決して希望は失われないだろう。

「万里の波濤を越えて、異国へ行かれるおつもりか」

源吾は軽口を飛ばしたつもりだが、田沼はさらに驚嘆している。

「まさか真に……」

その様が真に迫っていたので、反対に源吾が驚かされた。

「それも小町か。申したであろう？　いずれ女子の時代が来ると。そこらの老中より慧眼（けいがん）よ」

田沼は一頻り笑った後、居住まいを正してゆっくりと頭を垂れた。

「儂の力不足で迷惑を掛けた。世話になったな」

恐れ多く、慌てて腰を浮かす源吾に対し、田沼は何度も何度も礼を述べた。

田沼も今回ばかりはかなり苦しんだらしい。まだ大火で受けた責めを晴らしていない矢先、一橋は巧妙にそこを狙ってきた。太鼓や鐘を打たなかった火消を、軽々しく処罰しては、火消を止める者が続出することを危惧(きぐ)した。しかしながら指を咥えていれば、綻びはどんどん大きくなり、此度のようなことになる。際の際で止めたということだろう。

今回のことを受けて田沼は火消の法に関して見直すことを約束してくれた。

「風早については何か判りましたか？」

訓練の後始末を終えて縁側に腰を掛け、一息ついたところで新之助が尋ねてきた。

「元は孤児だとよ。一橋はそのような者を抱えて、様々な技を仕込み、己の駒にしているらしい」

「そうですか……」

「気になるか？　化物のように強かったからな。よくぞ勝てたものだ」

「あいつ最後に何て言ったのでしょうか……」

風早の声は潰れ、濁りきっていた。源吾は常人が逃すことも聞き取れてしまう。これもまた皮肉なことであった。

「旗本、千両」

「それが約束されていたのでしょうね。金や地位ですか」

「だが最後は、殿……だ」

「孤児だったなら、あいつなりに親のように思っていたのかもしれませんね」

「どうだろうな」

新之助はいつになく湿っぽかった。生かして刑に服させようとしたが、結果的に殺してしまったのである。悪人だから嬉々として殺す。人はそのようには出来ていないようだ。

「そう言えば、もうすぐ牙八さんが来られるのでは？」

同じ孤児ということで思い出したのか、新之助は唐突に言った。本日の訓練の後に伺いたいと、牙八が文をよこしていたのをすっかり忘れていた。

残った配下とのらりくらり話していると、遠くで馬の嘶きが聞こえた。次第に力強い蹄の音もはきと聞こえてくる。

「この声はあいつか」

「声……馬の鳴き声まで聞き分けられるようになったのですか？　いよいよ化物の仲間入りだ」

軽快にからかう新之助に舌打ちをくれてやり、源吾は腕を組んで待ち構えた。入ってきたのは牙八、そしてお琳である。馬は外で待たされていた。

「よう。帰参出来たらしいな」

源吾の調子に合わせることなく、牙八は畏まって礼をした。

「この度は当家の姫をお救い頂き、まことにありがとうございます」

牙八はそう言うと、お琳に続きを促した。

「当主、大音勘九郎の名代として礼の品をお持ちいたしました」

お琳の言葉を受け、小者が馬の轡を曳いて入って来た。艶やかな黒毛に、灰黒色の鬣、腿の肉は盛り上がり、並の馬より一回り大きい。

「碓氷でございます。お納めください」

かつて源吾が借り受けたことのある名馬である。荒馬で扱いが難しいと聞いたが、源吾には妙にしっくりきた。人馬共に粗野なところが合うのかもしれない。

「大層なものを。して、勘九郎は？」

牙八は口籠もったが、お琳は何の遠慮もなく、ずけずけと口を開いた。

「当主が申すことそのままに申しますと、火事場以外で馴れ合う仲でもなかろう。これは借りを作りとうないから呉れてやるのだ。黙って受け取れ。とのことでございます」

さすがの牙八も苦笑いをしている。普通に礼が言えぬところが何とも勘九郎らしい。

「有難く頂戴致す」

源吾は轡を取って、碓氷に向けて不敵に笑った。源吾の心が通じたか、碓氷も首を振って鼻を鳴らす。

牙八は小者に先に帰るように命じ、そこでお琳は改めて前で手を揃えて深々と頭を下げた。

「ここからは名代でなく、私の言葉です。松永様、ありがとうございました。今回の事でほんの少し見直しました」

「そりゃあ良かった」

からりと笑ったが、お琳は一転して険しい目つきになった。

「でも、加賀鳶が一番。皆様は二番です」

「二番でも随分と出世だ。加賀鳶の尻が見えてきたな」

新庄藩火消一同、やんやと声を上げて同調した。お琳は頰を膨らませ、ようやく子供らしい顔つきになる。その姿を好まし気に見ていた牙八は、そっとお琳の肩に手を置くと、衆を見渡して言い放った。

「仰る通りよ！　俺の目の黒い間は一番を譲らねえ！」

ようやく本来の牙八が戻ってきた。その不遜な態度に、またもや彦弥と鼻を寄せ合って睨み合い、お琳が噴き出してしまうという一幕もあった。

「世話になったな！」

牙八は投げ捨てるように言い残すと、お琳と連れだって夕陽の中へ溶け込んでいった。

仲睦（なかむつ）まじく歩調を合わせる姿はまるで兄妹のように見える。

ぼんやりと輪郭の滲んだ影に目をやると、小さな影がどんとじゃれ合うようにぶつかり、大きな影は恥ずかしそうに項に手を置いた。伸びた影に、大きさの差は殆ど無く、まるで夫婦のようにも見えてしまう。初夏の訪れを告げる柔らかな風も、照りを帯びてさざめく青葉も、坂の下へ消えていく二人を見守っている。

夕餉の途中、源吾は急に箸を止めた。何か変な物が入っていたか、それとも味付けがおかしかったかと深雪が心配する。今日の飯も変わらずに美味い。山椒を練り込んだ味噌を使ったこの那須田楽などは、小料理屋で出されてもおかしくないほどである。

「お口に合いませんか？」

「いや……なあ」

箸を揃えて改まったので、いよいよ深雪は訝しんで首を傾げる。深雪なりに次にどんな言葉が飛び出すのかと不安になっているらしい。その様がどこか遠慮がちで、出逢った頃を思い出した。いや厳密に言えば出逢ったのはそれより前、火事場でのことであった。

思えば長い付き合いになったものである。若き日に助けた少女が、今こうして妻として目の前にいる。そしてその身に己の子を宿しているのだ。そう思えば、人の縁とは実に奇妙なものである。

「俺でいいのか？」

「え……」

「俺が夫で後悔しておらぬか。と、いうことだ」
旧主家から放逐され、火消として生きる自信を失った源吾の元に、深雪は親戚と縁を切って押しかけ女房のようにして来てくれた。そこからの暮らしは散々なもので、新庄藩に召されるまでは、その日に食べる米にさえ困るほどであった。共に傘張りや提灯作り、朝顔の栽培まで様々な内職をして食いつないできた。手を取り合ってきたはずなのに、いつしか会話は減り、一時は一日中話さぬような時期もあった。

振り返ればそれは己が原因であろう。火が恐ろしいのに、どこかで火消に戻りたいという願いを持ち、その解消されぬ矛盾に鬱々（うつうつ）としていたからに他ならない。そんな己にこうして火消に戻る勇気をくれたのも、また深雪であった。流れのまま夫婦となったにもかかわらず、絶望的な困窮にも逃げ出すことはなかった。

すまし顔で見つめる深雪に、源吾はゆっくりと言葉を重ねた。

「一度、はきとさせたかったのだ。貧しい思いも、寂しい思いもさせた。これからもいつ火に敗れて果てるやもしれぬ。そのような男といてよいのか」

「怖気（おじけ）づきましたか？」

深雪の言葉に怒気は含まれていない。ただ懸念しているようだ。

「断じて違う。間もなく二人の時は終わる。その前に、男としてけじめをつけたい……とな」

気恥ずかしくなって、語尾は消え入るように小さくなる。それが可笑しかったか、深雪の顔に笑顔が戻る。

「あ。やっと聞けますか？　はい、どうぞ」

「そのように申すな。余計に気まずい」

「早く、どうぞ、どうぞ。男らしく」

深雪は両耳に手を添えて、楽しそうに急かしてくる。

「俺と夫婦（めおと）になってくれ」

「私の執念が実りました。さて……どう致しましょうか」

深雪は芝居の悪役でも真似ているのか、拳を口に添えてじらしてくる。

「からかうでない」

深雪の手が膝の上に下り、にこりと笑った。

「旦那様に助けてもらったあの日から、決めていたことです。これからもよろしくお願い申し上げます」

「ああ。ありがとう」

一足遅れに恥ずかしさが押し寄せて来て、顔が上気して熱くなってくる。源吾はごまかすように箸を取ると、飯を思い切り掻っ込んだ。

「俺が片づける故、ゆるりとしておれ」

先に食事の済んだ己の膳を台所へと持っていく。

「あら、お優しいこと」

「田……いや、山本様に叱られたのだ」

田沼にしっかり手伝ってやれと釘を刺されていた。

男は台所に立ち入るべきではない。そのような愚かな考えもいずれは廃れる。女の力がこの国を支える時代が必ず訪れ、共に家のことを為すのが当たり前になる。現に田沼は、老中になった今も率先して妻の手伝いをしていると嘯いていた。

「お子が生まれたら……」

「ああ。名付けねばならぬな。男か……いや、それとも女か」

源吾は布巾で皿を拭き上げながら軽快に返した。

「小遣いが半分になります」

ぴしゃりと言い放たれた言葉に、思わず皿を落としてしまいそうになった。

「いや、それは……うむ。仕方あるまい」

渋々了承すると、深雪は意外そうに口を窄めた。

「冗談でしたのに、旦那様がいいならそうしましょう。聞きましたか？」

深雪は腹をさすって新たな命に証言を願った。

「待て……やはり困る」

慌てて土間から上がろうとして転びそうになり、深雪は琴弦を弾いたように笑う。風が心地よいからと、窓を半ば開けている。その隙間から、長雨を懐かしむような蛙の声が聞こえてくる。青葉を撫でた風は芳しかった。源吾はいつまでも笑い止まぬ深雪の横顔を見つめながら、己の中に根付いた確かな想いを、風と共に噛み締めた。

解説——道行く人に薦めたい、魂の物語

文芸評論家　大矢博子

いやあ、面白い！

読み終わってからもしばらく、興奮が収まらない。魅力的な謎で引っ張られ、手に汗握る展開に翻弄され、時折差し込まれるユーモアに笑い、クライマックスで泣かされ、エピローグでこの上なく癒された。人物と情報と物語とテーマが一体となって読者の胸を滾らせる。読みながら何度も変な声が出た。すごいぞ。本書を片手に家を出て、道行く人ひとりひとりに薦めて回りたい気分だ。さすがにそれは迷惑がられるだろうから、その思いをここにぶつける。これは面白いぞ！

と、興奮していては話が進まないので、落ち着いて内容を紹介しよう。

本書は今村翔吾のデビュー作『火喰鳥』に続く〈羽州ぼろ鳶組〉シリーズの第二弾だ。

まずは前作の内容をおさらいしておこう。主人公は、かつて旗本・松平家の定火消だった松永源吾。とある事情でその役を解かれ浪人になっていたが、彼の活躍を知る者の仲介で出羽新庄藩の火消頭取になる。しかし新庄藩の火消は

家内のいざこざや財政逼迫などの理由で人員確保もままならない。そこで源吾は火消の中心メンバーを全く畑違いのところからスカウトしてきた。生まれ変わった新庄藩火消は、のちに「明和の大火」と呼ばれることになる大火災に立ち向かう――。

というのが第一作『火喰鳥』のあらましだ。『火喰鳥』ではメンバー集めにかなりのページが割かれていて、これが実に読ませる。それぞれのドラマを経て市中に散らばる有能かつ個性的なメンバーがひとり、またひとりと源吾のもとに集う様子は、まるで南総里見八犬伝の如し。貧乏な藩なので揃いの刺し子（消防服）がなく、古い襤褸をまとって火災現場に出るため、町人から〈ぼろ鳶組〉と馬鹿にされるが、彼らの活躍でいつしか〈ぼろ鳶組〉は尊敬と親しみを込めたニックネームに変わっていくという次第だ。

第二作の本書は、前作の〈明和の大火〉から約一年後という時期が舞台。新庄藩の火消たちにも新しい揃いの刺し子が配られたが、江戸市中ではすっかり〈ぼろ鳶組〉が定着し、呼び名はそのままだ。

そんな折り、奇妙な事件が起きた。明らかに火事が起きているのに管轄の大名火消が太鼓を打たないのだ。実は火消には、火元に近い大名家がまず太鼓を打ち、それを聞いた後でないと町火消は半鐘を鳴らせないというルールがある。そればかりか消火活動もできず、目の前で火が燃えるのをただ見ているしかない。どうしても放っておけず、〈ぼろ鳶組〉や他の数藩、町火消たちは太鼓なしで消火活動にあたるのだが、こんな規則があったことにまず驚かされるではないか。
しかも、目の前で火災が起きているのに催促されても太鼓を打たないという事態は一件にとどまらず、あちこちの大名火消で次々と起きる。なぜ彼らは太鼓を打たなかったのか？ 実はそこには打ちたくても打てない事情があり、背後にはおそるべき陰謀があった……というのが本書の導入部だ。ここから物語は、腕をもがれた火消たちが相次ぐ火災にどう立ち向かうのか、そしてその陰謀をどう阻むかを中心に進むことになる。

さて、私は冒頭で「人物と情報と物語とテーマが一体となって読者の胸を滾らせる」と書いたが、ひとつずつ見ていこう。まずは人物。何といっても、〈ぼろ鳶組〉中心メンバーが皆、実に個性的なのだ。もともとは火消ではないのに、それぞれの前職での能力が火消にぴったりで、それが集まってチームとして機能する様子は戦隊ヒーロー物もかくやという……いや、ここはやっぱり八犬伝か。

まずは頭取の松永源吾。どんなに遠くの半鐘の音でもキャッチする耳の良さと抜群の統率力を誇るリーダー。

火消方頭取並（つまり頭取補佐）の鳥越新之助は一見チャラい若者で皆にからかわれる役回りだが、剣をとれば〈新庄の麒麟児〉と呼ばれるほどの剣士だ。また、尋常じゃないほどの記憶力も彼の特技。

天文方にして現場で風を読む加持星十郎は、博覧強記の知恵袋。異人の血を引くクォーターで、赤毛の総髪がトレードマークだ。

屋根から屋根へ縦横無尽に飛び回り纏を振るイケメン彦弥は、元人気軽業師。とてつもない怪力で長屋を壊す、気は優しくて力持ちの元相撲取り、寅次郎。そして新庄藩戸沢家に仕える折下左門が、調整役として彼らをサポートする。

え、八犬伝に喩えたくせに六人しかいないって？　いやいや、実はいちばんの猛者が、源吾の妻・深雪なのだ。このお内儀、抜群に金勘定が巧いのである。この勘定能力が〈ぼろ鳶組〉を助けるのみならず、実にいい場面で知恵を出したりメンバーに活を入れたりする。まだまだ深雪には隠された能力がありそうに思えるほど、底知れない女丈夫なのだ。この中から〈推しメン〉を決めろと言われたら、私は迷いなく深雪を選ぶね。

まだひとり足りないが、それは本書の最後で加わるので内緒。ここに、江戸で一番人気の加賀藩の火消（頭取は源吾のライバルだ）や、威勢のいい町火消たち、そして田沼意次や長谷川平蔵宣雄（鬼平の父）といった歴史上の人物も加わるのだから面白くならないわけがないのである。

とは言え、決して本書はキャラクターの魅力だけで読ませる作品ではない。火消の職業小説としても秀逸なのだ。一般に火消と聞いて連想するのは、め組やい組といった町火消だろう。時代小説に馴染んでいる人なら、大名火消、定火消も知っているかもしれない。けれどさらに細かい区分があること、火消の身分によって規則があることなどは、私は本書を読むまでまったく知らなかった。さらにひとつの火消チームの中にどんな役割分担があるか、消防車や消火器などない時代に何を使ってどのように火を消していたのか。こんな情報がどんどん出てきて実に興味深い。

知られてないモチーフを扱うときは、どうしても説明が煩多になるものだが、今村翔吾はそれらの情報を実にうまく物語の中に組み入れる。前述した、「大名火消が太鼓を打たねば何も始められない」という規則をそのまま事件の中心に据えたのがいい例だ。そんな規則があるのかという驚きが、そんな事件がありえるのかという驚きにつながっていくのである。

だが、今村翔吾が書くのは、火消の仕事方法だけではない。最も大事なテーマは、火消の矜持（きょうじ）であり、心意気である。それが物語の核になる。本書で火消たちが直面するのは、「助ける命と助けない命の選択」だ。大勢を助けるためにひとりを見殺しにできるか。三人とふたりなら迷わず三人を助けるのが正解なのか。武士と町人の命の目方に違いはあるのか。それを決める権利は誰にあるのか。誰ひとり死なせない、というのは火災現場では理想論だ。そんな〈命の比較〉という残酷な選択を迫られる火消たちの葛藤（かっとう）。そしてそれを振り切り、火消としての矜持を全（まっと）うしようとする場面の感動。

太鼓を打たなかった大名火消たちは、（ここに詳細は書けないが）一種の圧力と火消の矜持の板挟みになっていた。圧力で信念を曲げさせられる——これは現代にも企業の論理、政治の論理の中で、時折見られることだ。命の目方を誰かに勝手に決められることも、悲しいかな、現代でもないとは言えない。そんなとき、自分ははっきりと「これが正義」と見極められるだろうか。自分のすべき仕事が誰のためのものなのか忘れずにいられるだろうか。

終盤、ある町火消が信じられない暴挙に出る。それに続く場面では目頭が熱くなった。「府下の全ての火消よ、立ち上がれ」——自らの職業にプライドを持ち命を賭ける、自分の信念をゆるぎないものとして何があっても手放さない、そんなプロフェッショナルたちの、これは魂の物語なのである。

思えば江戸の人気職業だった火消なのに、それを描いた時代小説は多くない。とっさに思いつくのは、浅黄斑『衣紋坂の時雨　湯島・妻恋坂ごよみ』（ハルキ文庫）、宇江佐真理『無事、これ名馬』（新潮文庫）、佐藤雅美〈半次捕物控〉シリーズ（講談社文庫）の中の『髻塚不首尾一件始末』、そして幡大介〈大江戸三男事件帖〉シリーズ（二見時代小説文庫）の主要人物が火消というくらいだ。ここまで正面から火消という職業を物語にし、しかもシリーズにした例は、ついぞ思いつかない。

今村翔吾は鉱脈を当てたと言っていい。新たな仲間がひとり、いや、ひとり半（？）増えて、次巻はどんな事件が起きるのか。彼らはどんなプロフェッショナルの流儀を見せてくれるのか。今から第三巻が待ち遠しくてならない。

夜哭鳥

一〇〇字書評

切・り・取・り・線

購買動機（新聞、雑誌名を記入するか、あるいは○をつけてください）	
□（　　　　　　　　　　　　）の広告を見て	
□（　　　　　　　　　　　　）の書評を見て	
□ 知人のすすめで	□ タイトルに惹かれて
□ カバーが良かったから	□ 内容が面白そうだから
□ 好きな作家だから	□ 好きな分野の本だから

・最近、最も感銘を受けた作品名をお書き下さい

・あなたのお好きな作家名をお書き下さい

・その他、ご要望がありましたらお書き下さい

住所	〒				
氏名		職業		年齢	
Eメール	※携帯には配信できません	新刊情報等のメール配信を 希望する・しない			

この本の感想を、編集部までお寄せいただけたらありがたく存じます。今後の企画の参考にさせていただきます。Eメールでも結構です。

いただいた「一〇〇字書評」は、新聞・雑誌等に紹介させていただくことがあります。その場合はお礼として特製図書カードを差し上げます。

前ページの原稿用紙に書評をお書きの上、切り取り、左記までお送り下さい。宛先の住所は不要です。

なお、ご記入いただいたお名前、ご住所等は、書評紹介の事前了解、謝礼のお届けのためだけに利用し、そのほかの目的のために利用することはありません。

〒一〇一-八七〇一
祥伝社文庫編集長　清水寿明
電話　〇三（三二六五）二〇八〇

祥伝社ホームページの「ブックレビュー」からも、書き込めます。

www.shodensha.co.jp/bookreview

祥伝社文庫

夜哭鳥（よなきがらす） 羽州（うしゅう）ぼろ鳶組（とびぐみ）

平成29年7月20日 初版第1刷発行
令和4年2月10日 第17刷発行

著者 今村翔吾（いまむらしょうご）

発行者 辻 浩明

発行所 祥伝社（しょうでんしゃ）

東京都千代田区神田神保町3-3
〒101-8701
電話 03（3265）2081（販売部）
電話 03（3265）2080（編集部）
電話 03（3265）3622（業務部）
www.shodensha.co.jp

印刷所 萩原印刷
製本所 ナショナル製本
カバーフォーマットデザイン 中原達治

Printed in Japan ©2017, Shogo Imamura ISBN978-4-396-34337-8 C0193